中国神话故事
（上）

《写给孩子的世界经典神话》编委会 / 编

编委会：周武广　杨　静　张　畅
范莹莹　赵　琳　郑　为
段梦优　朱一鸣　王功成

沈阳出版发行集团
沈阳出版社

图书在版编目（CIP）数据

中国神话故事：全 2 册 /《写给孩子的世界经典神
话》编委会编 . -- 沈阳：沈阳出版社，2020.1（2020.5 重印）
（写给孩子的世界经典神话）
ISBN 978-7-5716-0740-1

Ⅰ . ①中… Ⅱ . ①写… Ⅲ . ①神话 - 作品集 - 中国
Ⅳ . ① I277.5

中国版本图书馆 CIP 数据核字（2020）第 008152 号

出版发行： 沈阳出版发行集团 | 沈阳出版社
（地址：沈阳市沈河区南翰林路 10 号 邮编：110011）
网　　址： http://www.sycbs.com
印　　刷： 三河市同力彩印有限公司
幅面尺寸： 145mm×210mm
印　　张： 10
字　　数： 180 千字
出版时间： 2020 年 4 月第 1 版
印刷时间： 2020 年 5 月第 2 次印刷
选题策划： 赵　琳　郑　为　范莹莹
责任编辑： 周武广　张　畅
特约编辑： 李大伟
封面设计： 程　云
版式设计： 吴海兵
责任校对： 杨　静
责任监印： 杨　旭

书　　号： ISBN 978-7-5716-0740-1
定　　价： 53.60 元（全 2 册）

联系电话： 024-62564985　024-24112447
E - mail： sy24112447@163.com

本书若有印装质量问题，影响阅读，请与出版社联系调换。

神话是人类社会最古老、最富生命力的一种精神文化现象。

远古时代，人类的祖先面对日月运行、寒暑交替、风雨雷电、洪水猛兽、生老病死等自然现象，无法理解，感到神秘和恐惧，便产生了自然崇拜和万物有灵的观念。于是，原始人类把自己的属性赋予客观对象，把世间万物想象成同自己一样的有感情、有灵魂的生命，因而对自然现象和社会现象加以人格化、形象化，以表达对自然和社会的观念，及其信仰、理想。所以，神话作为不自觉的艺术创作，是远古人类智慧、理想、创造力和他们生活的那个世界相结合的产物。

神话是人们口头创作，世世代代口口相传，在漫长的创作和流传过程中，它不断地变化、发展、丰富。进入文明社会以后，各个民族都创作了新神话，以表达自己的理想和憧憬，歌颂真、善、美，鞭挞假、恶、丑。这些新神话则打上了阶级社会的烙印，出现了反映阶级关系、阶级矛盾的内容。在 19 世纪初期，欧洲的浪漫主义者们，把神话视为理想的艺术，创作的典范，倍加推崇。进入 20 世纪，西方文学中掀起一股"神话主义"风潮，众多作家，特别是现代主义作家依据神话故事的模式创作他们的现代作品。

可以说，一个民族的古老神话故事，都在这个民族的现代文明中得到了延续和发展。神话故事作为古代先民智慧的展现与梦想的寄托，它不单纯是天马行空的奇闻怪谈，不单纯是表面上荒诞不经的稗官野史，也是人类精神文化初始形态的显露，是早期人类对世界的记录。神话故事大到对世界起源的思考、对人类历史的探索，小到每个人对生命的追问、对梦想的追求，全都包含其中，堪称古代人类生活的百科全书。

当代学者蒋勋曾经说："神话本身是一个起点，因为神话里面包含了幻想跟科学，这两个看起来极度矛盾的人类创造力——科学是一种创造力，幻想也是一种创造力，并都以神话为起点，就像一粒种子，很适合放在低年龄层的教科书里面，让孩子能保有这两种可能性，将来他可能会走到比较理性的科学，也可能是比较幻想的艺术。"

由此可见，神话不仅是人类文学艺术的源头，也是人类发展科技的驱动力之一。因此，让孩子真正会读神话、读懂神话的问题，一直深受教育界人士的关注，"开天辟地""女娲补天""夸父追日"等经典神话，被选入不同版本的小学语文课本中。

由于不同的文明造就了不同的神话，要想真正了解某个民族的民族精神，追本溯源，不可不了解这个民族的神话传说。所以，我们专门编写了这套插图典藏版的神话故事书——《写给孩子的世界经典神话》。

本丛书共分七卷十册，涉及世界上流传最广的几大神话体系，收录了包括古代埃及、巴比伦、印度、中国、希腊、欧洲、美洲等文明地区的经典神话传说，读者从中不仅可以欣赏诸多民族（地区）的创世纪传说、历史渊源和脉络，而且还可以感受各具特色的古老文明和各民族人民的生命智慧，从而以传统神话故事为起点，带着强大的想象力和创造力，与自己的梦想一起奔跑。

来吧，孩子们，人类的梦想之花，都藏在神话故事里，正等着你们来发现和采撷！

目录
CONTENTS

盘古开天地

上古时期，天和地是连在一块儿的，混混沌沌的像个鸡蛋，盘古就生长在这里面。

经过了一万八千年，天地分开了，那些清新的阳气冉冉升起，变成了天空和云朵；那些浑浊的阴气慢慢下沉，变成了大地和山岭。

盘古站在天地之间，一天变化多次，智慧超过天，能力超过地。天每天增高一丈，地每天增厚一丈，盘古的身子也每天增长一丈。如果天和地有什么地方还牵连着没有分开，他就左手拿一把凿子，右手握一把板斧，或者用凿子凿，或者用板斧劈，天地就彻底分开了。

这样又经过了一万八千年，天升得极高了，地变得极厚了，盘古的身量也变得极长了——据说，天和地的距离是九万里，推想盘古的身量也该是九万里，真是顶天立地的巨人！这以后，才出现了人类，出现了三皇五帝。

开天辟地的盘古，临死的时候周身的各部分都发生了变

化：他口里呼出的气变成了风和云，喉咙里发出的声音变成
了隆隆的雷霆；他的左眼变成了太阳，右眼变成了月亮；他
的须发变成了夜空的星辰，四肢五体变成了大地的四极和五
岳名山；他的血液变成了江河湖泊，筋脉变成了山川道路，
肌肤变成了肥田沃土，皮肤上的汗毛变成了草木。

从此，天地间有了阳光雨露、山川湖海，万物开始滋生
繁衍。

女娲造人

盘古开天辟地以后，大地上有了山川草木，有了鸟兽虫
鱼，可是还没有人类。天神女娲行走在荒凉的土地上，心中
未免有些落寞和孤独。

一天，她来到一条大河边，蹲下身去随手抓起一把黄
土，捏成个泥娃娃模样的小东西。说来也怪，这小东西刚被
放到地下就活了起来，呱呱地叫着，又蹦又跳。女娲高兴极
了，就给他取了个名字，叫作"人"。

女娲又继续揉捏着黄土，一口气做了许多小人。这些小人光着身子，围着女娲拍手跳跃，嘴里不停地叫着。女娲心里充满了喜悦，她不辞辛苦地努力捏着小人。于是，大地上出现了成群结队的人类，到处回荡着欢声笑语。女娲不再觉得孤独了，因为大地上已经有了她自己创造的儿女。

然而，这项工作实在太辛苦了，要使整个大地充满生灵，是个多么巨大的工程啊！女娲做了很久很久，已经精疲力竭了。于是，她用藤条编了一根绳子，把它放在泥水里搅一搅，接着用力一甩，那些溅落在地下的小泥点，全都变成了活蹦乱跳的小人。

这个方法简单多了，女娲造人的速度也变得更快了。不久，大地上就布满了人类的踪迹。

女娲补天

远古的时候，不知由于什么原因，支撑着天穹的四根大柱子突然折断了，半边天空坍塌下来，蔚蓝色的天幕上露出个黑洞洞的大窟窿。

九州的土地也忽然裂开了，分割成一块一块的。天无法完全覆盖住大地，地也不能完全负载着万物了。洪水四处泛滥，大火在各处燃烧。凶猛的野兽从森林里窜出来，吞噬善良的人民；鹰雕在上空盘旋，攫食老人和孩子的血肉。

天神女娲看见天地被弄得一团糟，自己创造的儿女们正在遭受苦难，心里非常难过。于是，她来到昆仑山上，亲手熔炼了五色石子，把苍天修补好，天空又变得和先前一样美好了；她又砍下大乌龟的四只脚，立在大地的四方，用来代替天柱，将天空支撑起来；她还把兴风作浪的黑龙杀掉，使得中原的百姓得以安生；然后她把芦苇烧成灰烬，堆积起来，用它阻挡住滔滔的洪水。

经过这一番辛苦的工作，苍天补好了，四极稳固了，洪水退下去了，恶禽猛兽也被诛灭了。中原一带的灾难平息了，万物苍生得到了拯救，人们又过上了无忧无虑的生活。

雷神的儿子伏羲

在遥远的西北方，有一片极乐的国土，名叫"华胥氏之国"。谁也不知道这个国家有多远，坐车呀，乘船呀，骑马呀，都不能到达，所以人们只能神游而已。

这个国家没有国王，人们自由自在，生活得很快乐，每个人的寿命都很长。据说，他们走进水里淹不着，走进火里烧不着，在空中行走如履平地，云雾挡不住他们的视线，雷霆扰乱不了他们的视听，世间的利害、美丑都不能使他们动心。这真是神仙般的国度啊！难怪黄帝常常去那儿游览观光。

在这个神仙国度里，有一个没有名字、就被叫作华胥氏的美丽姑娘。一天，她到一个名叫"雷泽"的大泽旁去玩耍，这"雷泽"本是雷神居住的地方，林木茂密、风景优美。雷神长着人的头面，龙的身躯，用手一敲肚子便发出隆隆的雷声。

华胥氏正在玩耍，忽然看见一只巨人的脚印出现在大泽边的草地上。她觉得又奇怪又好玩，便试着用自己的脚在巨人的脚印上踩了一下。不料，她一脚踩下去，就觉得身内动了一动，不久就怀孕了。

华胥氏姑娘一直怀胎12年，生下一个男孩儿，取名叫伏羲。伏羲长着人的头面，蛇的身躯，由此可见，他和雷神的血缘关系了。

神农氏教民播百谷

我们中国人常常提起"炎帝""黄帝"，为什么称为"炎帝"呢？因为他是居住在南方的太阳神，是他给人间带来了温暖的阳光，使大地上的万物茁壮生长。

炎帝，又号称神农氏。提起神农氏，大家都知道他是远古时期伟大的农业之神，发明了许多耕田的农具，教百姓学会了种庄稼。据说，神农氏的样子很怪，长着牛的头面，人的身子。或许是因为他在农业上的贡献突出，就像几千年来帮助人类耕种的牛一样，所以才被人们想象成这个样子。

远古时期，大地上的人越来越多了，光靠打猎捕鱼、采集野果野菜无法满足人们的需求。神农氏突发奇想，要是能够把"种子"种在土里，让它长出果实来，给大家做食物，那该多好啊！于是，他就把树木砍下来，制作了犁子、镢头等工具，和大家一起开垦荒地，预备播种百谷。

可是，哪里有百谷的种子呢？

相传，一个晴朗的早上，天空忽然纷纷扬扬下了许多百谷的种子。神农就带领人们高高兴兴地把种子搜集起来，种在新开垦的土地里，不久就长出了绿油油的禾苗。到了秋天，百谷丰收了。从此，人们不必再为食物而发愁了。

还有一个更加动人的传说：据说，那时有一只全身通红的鸟，嘴里衔着一株九穗的稻禾从天空飞过，穗上的谷粒落到地下，神农把它们拾起来种在土里，不久便长成了又高又大的谷物。这种天降的谷米，人们吃了不但可以充饥，还能长生不老呢！

神农尝百草

我们的古人世世代代都用草药治病，可是人们怎么知道草药具有治病功效的呢？这也要归功于我们的祖先神农氏了，他不仅是一位伟大的农业之神，还是一位可歌可敬的医药之神。

传说，神农亲自上山采药，而且亲口尝过各种各样的药材。为了辨别药性，他曾经在一天内中毒70次，但这些毒素都被他那玲珑玉体内的肝肺肠胃给化解了。他还有一条叫作

"赭鞭"的神鞭，这些草药经赭鞭一抽打，有毒无毒，是寒是温，各种药性自然就显现出来了。神农就根据各种草药的药性给人们治病，为人们解除痛苦。

然而，不幸的事情发生了。一次，神农在山中尝到了一种名叫断肠草的剧毒药材，这位伟大的医药之神也因此献出了自己的生命。

人们自然不会忘记他的大恩大德，世世代代纪念着他。据说，山西太原附近有个釜冈，那里还存放着神农尝药时用过的鼎；又说，在成阳的山中还可以看到当年神农鞭药的地方，那地方名叫"神农原"或"草药山"。于是，"神农尝百草"的故事就成为美丽动人的佳话，流传至今。

精卫填海

传说，炎帝最小的女儿名叫女娃，她有一段悲壮而浪漫的故事。

有一次，女娃乘船到东海去游玩，突然海上刮起了狂风，掀起了巨浪。那凶恶的海神仿佛要蓄意夺走这位少女的生命，船被打翻了，女娃也溺水而死。

女娃死后，她的灵魂化作了一只小鸟。这小鸟的形状有点像乌鸦，白嘴，红足，头上带着绚丽的花纹。它住在北方的发鸠山上，那山上长着很多柘树。这鸟儿啼叫的时候，发出"精卫""精卫"的声音。于是，人们就叫她"精卫"。

女娃恨透了吞噬她年轻生命的大海。为了复仇，她每天从西山衔些小石子、小树枝投到东海里去，发誓要把大海填满。可以想象，这样一只小鸟，怎么可能用口衔的小石子、小树枝把大海填平呢？然而，她坚定不移的决心和锲而不舍

的精神感动了天神，在天神的帮助下，这片大海终于被填成了土地。

后来，传说这种鸟在海边和海燕结成了配偶，它们生下的幼鸟，雌的像精卫，雄的像海燕。直到今天，东海还有"精卫誓水处"——因为那里夺去了她的生命，她发誓永远不喝那里的水。所以，人们也称她为"誓鸟""志鸟"或"冤禽"，民间还有人叫她"帝女雀"，意思是炎帝女儿变成的鸟。由此可见，她永远地活在人们心中了。

炎帝和黄帝

黄帝四面

作为华夏民族共同祖先的神，炎帝之后又出现了黄帝。也有的说，黄帝和炎帝本来是兄弟，黄帝是哥哥，炎帝是弟弟。黄帝是天国的最高统治者，"黄"同"皇"，"皇"的原意是光辉伟大，所以黄帝乃是光辉伟大的天帝。

据说，黄帝的样子很怪：头上长着四张脸（即所谓"黄帝四面"），可以监视四方。他住在天国的中央，统治着整个宇宙。他的四面各有一个天帝，分别掌管着一方面的事物。

东方的天帝是太皞，辅佐他的是木神句芒。句芒手中拿着一个圆规，掌管着春天，是春神。

南方的天帝是炎帝，辅佐他的是火神祝融。祝融手里拿着一根秤杆，掌管着夏天，是夏神。

西方的天帝是少昊，辅佐他的是金神蓐收。蓐收手里拿着一把曲尺，掌管着秋天，是秋神。

北方的天神是颛顼，辅佐他的是水神玄冥。玄冥手里拿着一个秤锤，掌管着冬天，是冬神。

黄帝本人则居中央，辅佐他的是土神后土。黄帝手里拿着一根绳子，四面八方都归他管。从有秩序的金、木、水、火、土五帝的排列来看，这个以黄帝为中心的五方神的统治，似乎可以说是完美无缺了。

然而，黄帝建立起这样井然有序的天国，也不是一帆风顺的。据说，黄帝当初养性爱民，不好战伐，可是四方的天帝密谋联合起来，要推翻黄帝。黄帝觉得不能再姑息养奸了，于是就举兵消灭了四帝，然后才建立了上面所说的天国的新秩序。

炎黄之战

传说，黄帝和炎帝是同母异父的兄弟。黄帝是中央的天帝，炎帝是南方的天帝，兄弟俩各占天下的一半。

黄帝主张仁义之道，可是炎帝不肯听从，两个人发生了矛盾，闹得水火不容，终于动起干戈。那时候，双方已经用火和水这两种东西作为战争的武器了。炎帝是太阳神，用的是火攻，当然还有火神祝融帮助他。可是，黄帝本人就是管雷雨的神，对火攻并不放在心上，只消一场大雨就对付过去了。所以，炎帝不能取胜。

有一次，兄弟俩带着兵马在涿鹿之野大战了一场。战争惨烈无比，杀得天昏地暗，双方兵士血流成河，把那粗大的木棒（作战的武器）都漂浮了起来。

后来，双方在距涿鹿之野不远的阪泉之野又打了一场恶仗。这回，黄帝不但调遣了神兵神将，还将虎豹呀，豺狼呀，熊罴呀，鹰雕呀……都带上了战场。

经过了这样几场血战，炎帝终于被打败了，只好又回到南方，做他那偏安一隅的天帝去了。

黄帝大战蚩尤

蚩尤伐黄帝

黄帝的一生中，有过两次大的战争：一次是跟炎帝的战争，另一次是跟蚩尤的战争。

蚩尤是炎帝的后裔。他的样子很凶：生着人的身躯，牛的蹄腿，四只眼睛，六个手臂，头上长着尖利的角，耳边的头发直竖起来，好像锋利的剑。他吃的东西更奇怪：把铁块、石块、沙子当作家常便饭。传说，他有兄弟八十一人（有的说七十二人），他们也都拿沙石铁块作粮食，个个生得铜头铁额，长着野兽的身躯，能飞空走险，无所不至。

蚩尤还是第一个用铜来打造兵器的人，他造的兵器有兵杖（棍棒）、刀、戟、大弩等，用这些精良的兵器将他那八十一个铜头铁额的弟兄武装起来，定会威震天下，所向无敌。

当初，蚩尤曾经在黄帝手下当过开路先锋。炎、黄大战，炎帝失败后，蚩尤又跑回到炎帝身边，他对炎帝的失败愤愤不平，劝炎帝东山再起。炎帝感到自己力不从心，又怕涂炭生灵，便没有答应。于是，蚩尤决心自己干起来，为炎帝报仇雪恨。

他认为自己具有多种作战的本领和才能，还有不少可以借助的力量。除了那八十一个铜头铁额的兄弟，那些被黄帝歧视的苗民，在蚩尤的软硬兼施下也跟着起来造反。还有那些山精水怪，魑魅魍魉，也都加入蚩尤的队伍，开始兴风作浪。

炎帝知道，蚩尤是个残暴好战、杀人如麻的恶神，拿他没有办法，只好听之任之。于是，蚩尤带着他的千军万马，公然打起炎帝的旗号，向着北方的黄帝发起了进攻。

蚩尤作大雾

蚩尤统率着大军，浩浩荡荡地从南方杀向那古战场——涿鹿之野。黄帝此时正在他的"下都"——昆仑山上的宫殿里优哉乐哉。忽听蚩尤发来大兵要为炎帝报仇，并且要争夺天帝的宝座，黄帝一时也有些惊慌失措。他当初本想用仁义道德去感化蚩尤，劝他收兵，不料蚩尤顽固不化，黄帝只得调兵遣将，用战争去解决问题了。

战争非常激烈，蚩尤的军队有八十一个铜头铁额的兄弟，有造反的苗民，有山精水怪、魑魅魍魉。黄帝的军队除了四面八方的神兵鬼卒，还有凶猛的虎、豹、熊、罴……双方可谓不相上下。

战争一开始，蚩尤的人马就手持精良的铜制兵器，呐喊着冲去，一个个凶猛无比，所向无敌。黄帝虽然有一大群勇猛的禽兽冲锋陷阵，神兵神将也很勇敢，但他们终究不是蚩尤的对手，逐渐只有招架之功，没有还手之力，一连吃了几个败仗。况且，蚩尤神通广大，变幻多端，有呼风唤雨、喷云吐雾的本领，常使黄帝的军队迷惑困顿，一筹莫展。

有一次，双方正杀得难解难分，蚩尤忽然用法术造出了弥天大雾，把黄帝的人马团团包围，让他们辨不清东西南北，自相残杀。这时，那一个个铜头铁额、头上生角的蚩尤的兄弟在雾中忽隐忽现，神出鬼没，见人便杀，只杀得黄帝的军队人仰马翻。黄帝站在战车上，手持宝剑，大声喊道："冲出去呀！冲出去呀！"四方的鬼神也应和着："冲出去呀！冲出去呀！"虎豹也吼叫起来，熊罴也咆哮起来，可他们还是冲不出去。

黄帝问玄女战法

黄帝九战九败，退到泰山脚下，一连三天三夜都是大雾弥漫。

正当他长吁短叹、愁眉不展之际，忽然有个妇人，长着人的头脸、鸟的身躯，出现在他的面前。黄帝急忙跪下叩头，伏在地下不敢起来。

妇人道："我是九天玄女，西王母派我来助你一臂之力，你可有什么话要问吗？"

黄帝说："敝人想万战万胜。"

玄女便拿出一件狐裘和一道灵符交给黄帝，说："穿上这狐裘，刀戟强弩伤不了你；带上这灵符，风雨云雾迷不住你，你便可以成功了！"

黄帝说："我一个人不伤不迷，何济于事？"

玄女笑笑说："请放心，我知道蚩尤最厉害的是两件东西：一是矛戟大弩，一是弥天大雾。这两件东西都有制服的办法。"

黄帝忙问是什么办法，玄女说："蚩尤的兵器是用铜造的，所以才锋利无比。离这不远有一座山，名叫昆吾山，那山中就有铜。你可以派人去凿，凿到一百尺深，见到火星迸射，那就是铜，将它冶炼了，打成刀矛剑戟，不就可以跟蚩尤旗鼓相当了吗？"

黄帝听了非常高兴，立刻派人去昆吾山炼铜，制造了许多精良的兵器。

"可是，如何对付蚩尤的大雾呢？"黄帝又问道。

玄女便给黄帝造了一个"指南车"。这种车的两个轮子跟一般的车没有什么两样，车上装着一个像柜子似的东西，只是上面和后面各缺少一块板。一个木制的仙人站在车上，他的一只手擎起来，指着南方。

黄帝不解其故，问玄女这车是做什么用的，玄女说："这是专破蚩尤大雾的指南车。随便车子怎么转，车上的那个仙人擎起的手指总是指向南方，所以不管有多大的雾，你们也不会迷失方向了。"

黄帝的脸上这才露出了笑容。经过了几个月的休整和准备，黄帝这次可以说是万事俱备了。

黄帝擒杀蚩尤

黄帝和蚩尤的军队又来到了涿鹿之野，准备决一死战。

黄帝的臣子风后说："蚩尤力大无比，还能腾空走险，一旦打败了，他会在空中逃跑的，而且他还能呼风唤雨，我们得有个对付的办法才是。"

黄帝说："你想得很周到。我已经派人到天上去通知应龙了——就是那个长着翅膀能在天空飞腾的龙，如果蚩尤从空中逃走，就叫应龙捉住他。"

双方一交战，蚩尤就让那些山精水怪、魑魅魍魉大声怪叫起来。黄帝的人马听了这种叫声，只觉得迷迷糊糊，天旋地转，浑身无力，甚至身不由己地朝怪声发出的地方走去，结果被妖怪们杀死吃掉。这对黄帝是很不利的。

后来，黄帝听说妖怪们最怕听龙吟，就命士兵用牛角做号角，吹出龙吟般的声音。蚩尤军中的山精水怪们一个个听得如醉如痴，四肢无力，再也抬不起身子。黄帝的军队一拥而上，打了个胜仗。

这时，忽见天空涌起一阵乌云，原来是应龙来了。黄帝立即命令应龙蓄水行雨，想用大雨压住蚩尤的大雾。那神通广大的应龙展开了双翅，在空中飞来飞去，摆出了行云布雨的架子。哪知道架子还没有摆好，蚩尤早请来了老朋友风伯和雨师，来了个先下手为强，纵起了一场猛烈无比的大风雨。狂风暴雨向黄帝的阵地袭来，打得黄帝的军队站不住脚跟，四处溃散。

黄帝惊慌失措，只好请大女儿来帮忙。这个女儿名叫"魃"，是天上的旱神。她的身体里装着无限的炎热，她走到哪里，哪里便烈日炎炎，赤地千里。黄帝命魃作起法来，霎时云消雨散，红彤彤的太阳像火炉一般，大地上滴水皆无。

蚩尤一见，勃然大怒，又作起大雾来，他以为黄帝的军队在混混沌沌的雾气中一定辨不清方向，四处逃散。可是，今天见黄帝命人从营中推出几辆上面站着仙人的小车子，有了这种小车子，黄帝的士兵一点也不迷失方向，直奔蚩尤的阵地而来。

蚩尤一看不妙，便使出了他那"腾空走险"的本领，纵身跃上空中，想逃之夭夭。哪知，黄帝早命令应龙等候在那里。只见应龙先用嘴喷了蚩尤一口，叫他迷迷糊糊的，像喝醉了酒，然后用两只利爪将他死死捉住，送到黄帝的跟前。

黄帝自然不会饶恕这个好战的恶神，立刻将他处死了。

刑天舞干戚

继蚩尤之后，敢于跟黄帝争天帝宝座的，还有一个名叫刑天的。刑天本是一个无名巨人，因为和黄帝"争帝"，被黄帝砍下了脑袋。

刑天原是炎帝的臣子，平生酷爱音乐，且很有音乐才能，据说他曾经为炎帝创作了一首名叫《扶犁》的乐曲，还创作了一首名为《丰年》的诗歌。从这些歌曲的名称可以看出当时人民辛勤劳动，丰衣足食，生活是很快活的。

这位勇猛的巨人刑天听说蚩尤惨死在黄帝的屠刀下，一股怒火在胸中燃起。眼见年老的炎帝束手无策，刑天瞒着炎帝，偷偷带上两件武器——左手握着一面盾牌，右手操起一把板斧，从南方的天庭一直冲杀到中央的天庭，向着那长着四张脸孔、统治着四面八方的至高无上的黄帝发起挑战。

刑天一路斩关夺隘，势不可挡，径直打到黄帝的宫门之外。黄帝怒不可遏，立即操起宝剑，率领着虎、豹、鹰、雕等迎出门去。两神相遇，不由分说，便在云端厮杀起来。

他们从清晨杀到黄昏，从天庭杀到人间，一路杀过去，一直杀到西方的常羊山上，也未分胜负。黄帝心中暗想：这刑天果然力大无比，武艺非凡，如此下去，恐难以取胜，何不叫应龙前来助一臂之力？那神通广大的蚩尤不就是被应龙在空中捉住的吗。想到这儿，黄帝暗暗用咒语把应龙召来。

这应龙不但生着翅膀，能在天空飞腾，还会吞云吐雾。刑天杀着杀着，忽然觉得天昏地暗，分辨不清东西南北。正当他心中纳闷儿，一愣神儿之际，黄帝突然举起宝剑，冷不防朝刑天的颈项砍去。只听得咔嚓一声，刑天那小山似的头颅骨碌碌从脖颈上滚到了山脚下。

刑天用手一摸，脖子上的脑袋没有了，心里发慌，忙把右手的板斧交给左手，蹲下去在地下摸索。他把周围的大山小山摸了个遍，也没有摸到自己的头颅。

他的那双巨掌所到之处，参天的大树折断了，高耸的山峰坍塌了，只弄得烟尘弥漫，木石横飞。黄帝害怕刑天摸到自己的头，便赶忙提起宝剑，向常羊山劈去。只听轰隆一声巨响，一座大山被劈开了，刑天的头颅骨碌碌滚到山谷里，大山又合上了。

正在摸索自己头颅的刑天，听到山裂山合的声音，知道自己的头已被埋入山中，胸中更加愤怒。他突然从地下站起来，一手握着盾牌，一手举着板斧，向着天空乱挥乱舞，继续跟那至高无上的天帝搏斗！

看啊，这巨人的形象多么顽强，多么威猛！他虽然被阴谋的宝剑砍掉了脑袋，但是他决不屈服。

神荼郁垒

黄帝不但统治着天国、人间，还统治着鬼的世界。

据说，他的臣子后土就是鬼国的国王，另外还有两个小神，专门替他管理幽都的事情。这两名治鬼的小神原是兄弟俩，一个叫神荼，一个叫郁垒。他们住在东海之中的度朔山上，山顶有一株大桃树，树上的枝叶盘曲成个大伞盖，可以遮住三千里的地面。

　　大桃树顶端站着一只金鸡，每当太阳刚刚升起、东方扶桑树上的玉鸡鸣叫起来的时候，金鸡也跟着啼叫起来。这时，神荼和郁垒便在大桃树东北面树枝间的一座鬼门下，威风凛凛地把守着门口，盘查那些从人间游荡回来的大鬼小鬼、男鬼女鬼。如果发现哪个鬼在人间做了残害好人的事，兄弟俩便毫不客气，用草绳将它捆起来，抬到山上喂老虎。这样一来，那些恶鬼便不敢出去为非作歹了。

　　于是，黄帝根据这种情况制定了一种驱避鬼魅的方法：在屋子当中立个用大桃木刻的人，门上画上神荼、郁垒和老虎的像，再把芦苇索子悬在门上，恶鬼们便不敢进门了。

大神帝俊

帝俊是原始神话中统治东方的天帝，据说他本是人们无限崇拜的太阳神，后来演变成中华民族的"上帝"。

帝俊长得很怪：鸟首，人身（或猴身），独脚。有人认为，帝俊本来就是一只玄鸟（燕子），那"鸟首"就是燕子的头。《诗经》上说，天帝命玄鸟降下来，让有娥氏的女儿简狄怀了孕，生下商民族的始祖契。这只玄鸟或许就是帝俊吧！所以，处在东方的商（殷）民族非常崇奉帝俊，称他为"高祖俊"。

帝俊有两个美丽的妻子，一个是日神羲和，一个是月神常羲。羲和住在东海之外，甘水之间，那儿有个国家，就叫羲和国。羲和为帝俊生了十个太阳儿子，常常带着儿子们在甘水中洗澡。小太阳长大了，她就驾上六龙车，每天载一个儿子到天上去，叫他给人间送去光明和温暖。后来，到了尧的时代，十个太阳儿子觉得一个个单独到天上去太寂寞了，就瞒着妈妈一齐跑到天上去了，烤得大地着了火，人民活不下去，尧就命羿射下了九个太阳。

帝俊的另一个妻子常羲，为他生了十二个月亮女儿，她也常常带着女儿到水里洗澡，所以这些月亮女儿一个个都长得那么白皙漂亮，性格也很温柔，不像太阳儿子那么火爆。后来的民间传说中，生月的常羲渐渐演变成了奔月的嫦娥，其身份也由帝俊的妻子演变成射神羿的妻子了。

除了十个太阳儿子和十二个月亮女儿，帝俊还有许多子孙后代在下方建立了国家：在东荒有司幽国、黑龄国、中容国、白民国，在南荒有三身国、季殷国，在西荒有西周国。

在东方的大荒中，有一个神人名叫奢比尸，他长着人的面孔，犬的耳朵，兽的身子，耳朵上挂着两条青蛇，还有一大群五彩鸟跟他做伴。五彩鸟盘旋起舞，婆娑多姿，帝俊便常常从天上下到凡间来，跟这些鸟儿交朋友。据说，帝俊还在下方设了两座祠坛，就交给五彩鸟照看。

帝俊的子孙中有不少会发明创造的著名人物，除了上面提到的殷（商）民族的始祖契，还有播种百谷的后稷，发明牛耕的叔均，创造舟船的番禺，以木为车的吉光，制做琴瑟的晏龙，传授百工技巧的义均，以及那始创歌舞的八个不知名的儿子。

由此看来，帝俊是个显赫的大神，其子孙后代为中华民族做出了巨大贡献。

帝喾的传说

帝喾是黄帝的曾孙，他刚生下来就有神性，自己说他的名字叫"俊"。15岁时，因为辅佐颛顼有功，他被封为诸侯，封地在高辛，所以又叫"高辛氏"。

帝喾外出时，春夏乘着龙，秋冬乘着马。帝喾也有许多发明创造：他命臣子咸黑创作了乐歌，命巧人有倕制作了鼙鼓、钟磬、笙管等乐器，每当他叫人敲起鼙鼓，击起钟磬，吹起笙管，鸾鸟和凤凰都纷纷聚来，翩翩起舞。

帝喾的四个妃子生的儿子都有天下：元妃是有邰氏的女儿，名叫姜嫄，生下后稷，成为西方周民族的始祖；次妃是有娀氏的女儿，名叫简狄，生下契，是东方殷民族的始祖；次妃陈锋氏的女儿，名叫庆都，生下尧，成为著名的仁君；次妃娵訾氏的女儿，名叫常仪，生下挚，也是个了不起的人物。

帝喾还有一个妃子，是邹屠氏的女儿，她能乘风驾云，走起路来脚不沾地，常常到伊水和洛水之滨去游玩。帝喾定时到水边去跟她约会，便纳她做了妃子。这个妃子常梦见自己吞日，做一次梦便生下一个儿子，她一共做了八个这样的梦，生了八个富有神性的儿子，世间称之为"八神"。

据说，帝喾也有两个不争气的儿子，大的叫阏伯，小的叫实沈，兄弟俩住在大树林里，谁也不服谁，甚至大动干戈。高辛氏无奈，只好把阏伯迁到商丘，叫他主管辰星，也叫商星；把实沈迁到大夏，叫他主管参星。兄弟俩一东一西，再也不会见面了。

古帝颛顼

颛顼绝地天通

古帝颛顼是黄帝的曾孙。黄帝的妻子叫嫘祖，生了个儿子叫昌意。昌意被贬到下方的若水之滨，生下韩流。

韩流长着细长的脑袋，小耳朵，人的脸孔，猪的嘴巴，麒麟的身子，两条腿并生在一起，脚趾活像猪蹄子。他娶了个妻子名叫阿女，生下了颛顼。据说，颛顼也做过至高无上的"上帝"，即天国和人间的总管，代替他的曾祖黄帝行事。那时，他时常乘着一条巨龙巡游天下四方，好不威风。

相传，远古的时候，天堂和人间是相通的，两者靠"天梯"相连，神可以到地下来，人也可以到天上去。天梯是一棵大树，名叫"建木"，生长在"都广之野"，那里正好是大地的中央，众神人就通过这棵大树上上下下。

另外，西方的昆仑山也可以做天梯。据说，昆仑方圆八百里，高万仞，共有三层：最下边的一层叫凉风山，人登上去就可以长生不老；中间的一层叫悬圃，人登上去就有了灵气；最上面的一层就是昆仑之巅，人若是能登上去，就可以成仙升天了。有了这天梯，神仙下凡就方便多了。

可是，后来蚩尤下到人间作乱，杀死了不少人，黄帝费了好大的劲才把他制服。颛顼做天帝后，总结了蚩尤叛乱的教训，决定隔断天和地的交通。于是，他命自己的两个孙子——重和黎去做这件事，他让大神重两手托着天尽力往上举，又叫大神黎两手按着地尽力朝下压，这样重就随着天空升上了天堂，黎就随着大地降落到地下。

黎下地后，生了个儿子，名叫"噎"，也是个神，长着人的脸，没有胳膊，两条腿反转过来盘绕在头上。颛顼就命噎住在西天边的日月山上，那山顶有个天门，是太阳和月亮落下去的地方，他就掌管着日月星辰的运行。

颛顼酷爱音乐

天帝颛顼酷爱音乐，是个有才华的音乐家。

他出生在若水之滨，小时候在叔父少昊建立的鸟国里长大。那里一年四季花木烂漫，溪水潺潺，百鸟鸣啭，到处都有美妙的音乐，这使他的性情受到陶冶。他还跟着叔父学会了弹琴鼓瑟，并且是青出于蓝而胜于蓝。离开叔父后，颛顼更加孜孜不倦地研习音乐，他的艺术修养和鉴赏能力不断提高。

颛顼登上帝位以后，热爱人民，广行仁政，他那高尚的道德正好与天意相合，国家呈现出一派清明祥和的景象：四面八方的风交替吹来，或大或小，或紧或慢，发出悦耳的声音，时而如丝管嘤嘤，时而如钟鼓锵锵。颛顼听得如醉如痴，高兴得手舞足蹈，就命臣子飞龙效仿风的声音，创作了一首乐歌，名叫《承云》。颛顼把它献给曾祖黄帝，受到了黄帝的称赞。他还叫飞龙铸了一口洪钟，那悠扬的钟声可以传到千里之外。

一天，颛顼到江边散步，看见一条鳄鱼正懒洋洋地躺在沙滩上晒太阳。这是条扬子鳄，俗名猪婆龙，它长着两丈左右的身子，宽嘴巴，大肚子，小尾巴，遍体鳞甲光滑闪亮。它仰面躺在江边，正用它那尾巴敲打着圆鼓鼓的白肚皮，发出"咚咚、咚咚"的响声，非常美妙动听。

颛顼很高兴发现了这个音乐人才，就命猪婆龙做了乐师，让它掌管着人间音乐的事。猪婆龙为了感谢颛顼的知遇之恩，努力做好自己的工作。不幸的是，它的后人却常常被人捉去，剥了皮蒙鼓，为此它难过得流下了眼泪。

或许是受了颛顼的影响吧，颛顼的子孙中也有不少音乐奇才。例如，他的儿子老童说话的声音像敲鼓击磬，说起话来跟奏乐一样动听。老童的孙子太子长琴富有音乐天赋，创作了许多美妙的乐曲，开创了音乐歌舞之风。

颛顼诸子

和其他天帝一样，颛顼也有不少子孙后代。他有个儿子叫老童，老童生下火神祝融，又生了重和黎，他们都是很有名的天神。但是，颛顼不成器的儿子也不少。

据说，他有三个儿子死后都变成了传播疫病、残害人民的恶鬼：一个居住在长江里，变成瘧疾鬼，散布瘟疫，人一碰上就发寒热、打摆子；一个居住在若水中，变成魍魉鬼，专门学人们的声音迷惑人、害人；还有一个变成了小儿鬼，躲在人家的屋角，专门惊吓小孩儿，让娃娃生病早夭。

颛顼还有一个儿子住在西方的荒野中，其实这个儿子是一只凶猛的怪兽。他的形状像老虎，可是身子比老虎大得多，他披着二尺多长的犬毛，长着人的脸、虎的爪、猪的嘴巴和牙齿，他在大荒中为非作歹，人们都非常害怕，不敢制止。

据说，颛顼还有一个儿子长得很瘦，喜欢穿破烂衣服，喝稀粥，腊月三十晚上死在了小巷里。打这以后，每到腊月三十这天，人们便特地煮些稀粥，扔弃些破旧衣服，在巷子里祭祀他，这叫作"送穷鬼"。

颛顼共工争帝

可能有人会问：好端端的天怎么会突然塌下来呢？这里还有一段神话故事。

传说，远古的时候，有两个著名的天神，一个叫颛顼，是黄帝的后代；一个叫共工，是炎帝的后代。这两个天神争做天帝，也就是争着当天上的元首，谁也不肯相让。于是，他们大动干戈，打了起来。结果，共工被打败了，他一怒之下，就用全身的力气去撞那昆仑山西北的不周山。共工一头把擎天的柱子撞折了，把连接大地的绳索也给弄断了。天便朝着西北方塌了下去，所以日月星辰都往西北走；地在东南边陷下去了，所以大江大河的水都往东南流。

由盘古开辟出来的美好世界被毁坏了，这可怎么办呢？只好由神圣的女娲来收拾残局了。她用在昆仑山上熔炼的五彩石把苍天补好，然后砍下大乌龟的脚立在天地的四方，又积些芦灰止住了洪水。

经过她一番辛辛苦苦的工作，世界又变得跟从前一样美丽了。

三皇五帝

盘古用一柄大板斧开天辟地，天极高了，地极厚了，盘古的身量极长了，然后才出现了三皇和五帝。

古神话中最早的三皇是天皇、地皇和人皇，传说他们一共兄弟九人，分别管理天下的九州。他们的样子也很奇怪，天皇有十三个头，地皇有十一个头，人皇有九个头，三人都是龙的身子。

还有的说，三皇是指伏羲、燧人、神农，或者是指伏羲、神农、黄帝，或者是指伏羲、神农、女娲等。

五帝是东西南北中五方的天帝，也叫五方神。中央的天帝是黄帝，他是天庭的最高统治者。在五行中，中央属土，因此后土是黄帝的属神，他手执一条大绳以治理四方。

东方在五行中属木，其天帝是太皓，属神是木神句芒，句芒手里拿着圆规以治理春天，是管春天草木生长的神。

南方在五行中属火，其天帝是太阳神炎帝，属神是火神祝融，祝融手里拿着秤杆以治理夏天。

西方在五行中属金，其天帝是少昊，属神是金神蓐收，蓐收手里拿着一把曲尺来治理秋天。

北方在五行中属水，其天帝是颛顼，属神是水神玄冥，玄冥手里拿着秤锤来治理冬天。

这五方的天帝，各自统治着一片辽阔的土地。

燧人钻木取火

在遥远的南方，有个太阳和月亮都照不到的国家，叫遂明国。这个国家到处都是一片昏暗，人民从来不知道什么是春夏秋冬，什么叫白天黑夜。遂明国中有棵火树，名叫遂木，它的枝干盘旋曲折，占了一万顷的地面。一国人全靠遂木发出的火光才能见到光明。

后世有个圣人漫游天下，游到了日月照耀以外的地方，即遂明国。他于一遂木下坐着休息，一仰头，忽然看见有许多像鸥鹑一样的鸟正用嘴啄那树枝，它们每啄一下，树枝就溅出灿烂的火花。圣人看了一会儿，从中悟出了道理，便试着用小树枝钻木取火，果然钻出了火。于是，人们就有了取火的方法，开始用火。这位钻木取火的圣人便被后人称为燧人氏。

有巢氏

原始社会的先民最初是一群一伙地住在山洞里。那时人少，禽兽多，又没有箭弩一类的武器，人们抵御不住猛禽恶兽的袭击，常常遭受伤害。

于是，有人想出个办法，就是白天拾些橡、栗的果实填饱肚子，夜晚在树上搭个窝睡觉，既安全，又舒适。这些人就被称为有巢氏之民。人们把最初创造巢居的人拥为领袖，称他为有巢氏，推他做部落长。

有巢氏的时代，有的说在钻木取火的燧人氏之前，亦称大巢氏；有的说在伏羲氏之后，说他"教民编槿而庐，编箩而扉"，就是教老百姓把树枝编起来做房子，把藤箩编起来做门窗。似乎他不仅是巢居的发明者，还是房屋的创造者。

有巢氏治理的地方，名叫石楼山，在琅琊（今山东诸城附近）之南。传说，有巢氏手下有个很能干的臣子，他很信任这个臣子，就把部落的大权都交给了他。后来，有巢氏发现这个臣子专横武断，就罢了他的官。那臣子一怒之下，率领党羽把有巢氏推翻了。

仓颉造字

相传，我们现在使用的汉字是古圣人仓颉造的。有的说，仓颉是黄帝的臣子，黄帝命他创造了文字；也有的说，仓颉是黄帝之前的另一个古帝。

仓颉又称史皇氏，姓侯冈，名颉。他长着一张宽大的龙脸，四只眼睛放出炯炯的灵光，具有博大的智慧和高尚的圣德，他生下来就不同凡响，会用小手写字；长大了喜欢动脑筋想问题，穷究天地万物的变化，仰头观看奎星圆曲的形势，低头考察龟背鸟羽的文彩及山川起伏曲折的情景，模仿这些大自然的现象，随时在手掌上写写画画。于是，他发明创造了文字。

文字的发明，实在是一件惊天地、泣鬼神的大事，据说上天被惊得急忙下起雨点般的粟米来，鬼魅们也骇得在夜里哀声啼哭。天降粟米，天神担心人们从此舍本逐末，抛弃农耕正业而去贪图雕刀刻字的小利，弄得没饭吃，所以先降些粮食，也是对人的警告。鬼呢，害怕有了文字，会记下他们生前死后的罪恶，让他们受到惩罚，所以吓得在夜晚啼哭。

汉代许慎在《说文·序》中则对仓颉造字做了较为科学的说明：黄帝的史官仓颉看见鸟兽蹄爪的痕迹，知道它们形状不同而纹理也各异，从中可以区分彼此的差别，于是他得到启示，开始创造文字和各种契约。从此，各种不同的工作都得到了整治，世间的万物也有方法可以考察了。

少昊诞生的神话

　　少昊是黄帝时期统治西方的天神。他的母亲名叫娥皇，是个美丽的神女，住在天上，夜晚在美玉建造的宫殿里织锦，白天便坐上一只木筏到各处游玩。有一次，娥皇一直游到了西海边上一个叫穷桑的地方。

　　这里有一棵大桑树，直插云天，有上千丈高，红红的叶子，紫色的桑葚，一万年才结一次果实，谁要是吃了这果实，寿命可以比天地还长。正当娥皇在大桑树下玩耍的时候，忽然出现一位神人，容貌超群，自称是西方天神白帝的儿子，即太白金星。他从天上降落到水滨，和娥皇一同游戏。

　　他们奏起美妙的音乐，跳起翩跹的舞步，沉浸在欢乐之中，以至忘了回家。白帝子和娥皇成了一对情人，两人一同乘上木筏，泛游在大海的碧波之中。他们拿桂枝做船的桅杆，把芳香的薰草拴在桂枝上做旌旗，又刻了一只玉鸠放在船桅的顶端辨别风向，因为据说鸠这种鸟知道一年四季的时令。后世船桅上设置的"相风鸟"，相传就是玉鸠留下的风俗。

　　白帝子跟娥皇肩并肩地坐着，弹着用桐木和梓木做的琴瑟。娥皇倚在瑟边唱起动人的歌声，白帝子也应和着唱了起来，两个情人你唱我和，快乐无比。后来，娥皇生下一个儿子，名叫少昊，又叫穷桑氏，便是他们爱情的结晶。

少昊用鸟做官

　　东海之外有个巨大的沟壑，少昊就在这儿建立了自己的国家。这个国家跟别的国家不一样，少昊的文武百官，都是由各种鸟儿来担任的，这里可谓是个鸟儿的王国。

　　凤鸟，就是凤凰，知晓天时，少昊就命它做了"历正"的官；玄鸟，就是燕子，春分来，秋分去，少昊就叫它做了"司分"的官；赵伯，就是伯劳鸟，夏至鸣，冬至止，少昊就叫它做了"司至"的官；青鸟，就是鸧安，立春鸣，立夏止，少昊就叫它做了"司启"的官；丹鸟，就是锦鸡，立秋至，立冬去，少昊就叫它做了"司闭"的官。这五种做官的鸟，都掌管着一年四季的天时，凤凰是它们的总管。

另外，少昊还叫懂得孝敬的祝鸠，就是鹁鸪，做了"司徒"的官，掌管教化；叫鸤鸠，就是凶猛的兀鹫，做了"司马"的官，统率军队，掌管兵权；叫爽鸠，就是威武的苍鹰，做了"司寇"的官，掌管法律和刑罚；叫鹘鸠，就是布谷，做了"司空"的官，掌管工程建筑；叫鹘鸠，就是老雕，做了"司事"的官，掌管营造修缮等事。

少昊任命这五种鸠鸟做官，是为了团聚百姓，不使他们流散。少昊还命五种野鸡做五种工官，分别掌管木工、金工、陶工、皮工和染工，以满足人民日常生活的需要。他还叫九种扈鸟（候鸟）做了九种农官，督促百姓适时播种，及时收获，不要好吃懒做。

蓐收

蓐收，有的说是少昊的叔父，有的说是少昊的儿子。当少昊做西方的天帝时，蓐收做了他的辅佐。

蓐收的相貌很可怕：人的面孔，左耳挂着一条蛇，一身白毛，虎的爪子，手执大斧，胯下乘着两条龙。据说，他是天上管刑罚的神，还真的执行过刑神的职责。

春秋时有个虢国，国君名叫丑，一天夜里丑做了个奇怪的梦，梦见在宗庙西面的台阶上，威风凛凛地站着个神人，长着人的面孔，老虎的爪子，浑身白毛，手里拿着一把大斧。虢君一见，回头便跑，只听那神喝道："不要跑！天帝下了一道命令：叫晋国的军队攻进你的京城。"

虢君丑吓得浑身发抖，说不出话，只好连连打躬作揖，一下子惊醒过来。他想，这个怪梦可能对自己不利，就召来太史，叫他占卜一课。

太史想了想说："照您所说的，这个神应当是蓐收，他是天上的刑神。您梦见他可要多加小心，因为国君的吉凶祸福全由您的政绩而定。"

虢君听了很不高兴，他知道自己的政绩不怎么样，便恼羞成怒，命人把太史关进监狱，并下令叫全国的文武百官都来庆祝他做的梦。

朝中有个叫舟之侨的贤臣，看见国王如此倒行逆施，就对自己的家人说："大家都说虢国快灭亡了，我现在才知道这话一点也不错。你看，国君做了怪梦，不但不反省警惕，反而叫人来庆贺，这相当于恭贺大国来侵略自己，不是自取灭亡吗？"

不久，舟之侨就率领他的家族迁移到晋国去了。过了六年，晋献公果然灭掉了虢国。

尧的传说

相传，尧原是陶唐氏部落的酋长，后来又做了部落联盟的首领。他晚年把帝位禅让给舜，被传为历史的佳话。

尧的生活非常节俭。传说，他住在用茅草盖的房子里，屋内的大梁和柱子都是用连刨也没刨过的原木做的，架起来就算了事；吃的是粗米饭，喝的是菜汤；冬天穿着鹿皮做的袄，夏天穿着麻布衣裳；用的器皿也不过是些泥碗土钵之类的东西，一点也没有特殊的地方。

可是，尧对老百姓充满了深厚的仁爱之心。如果有哪一个人挨了饿，尧就说："这是我使他挨饿的呀！"如果有哪一个人受了冻，尧就说："这是我使他受冻的呀！"如果有谁犯了罪，受了惩罚，尧就说："这是我使他陷入罪恶的呀！"

尧做国君的七十年间，先是遇到过大旱，天上同时出现十个太阳，大地上的草木和庄稼都干枯了。尧就命羿射下九个太阳，解除了旱灾。后来，又遇到了特大的洪水，九州大地一片汪洋，尧就命禹去治水。禹用了十三年的时间，终于把洪水治服了。

所以，那时人民虽然也过了些苦日子，可是百姓对尧始终是衷心爱戴的，一点也没有怨言。

一日十瑞

尧做国君的时候，一天之内忽然呈现出十种吉祥的景象：宫中喂马的草变成了稻禾；一对金凤凰飞落到庭院里；宫苑的池塘中出现了神龙；历草生在台阶的石缝里；鸟雀化作白衣天神；树枝上生出火红的莲花；蓂莆瑞草生在厨房里；日月星辰当空照耀；甘露降在大地上。

上面提到的"历草"，名叫蓂荚，是一种神奇的草。传说，它每月初一开始生出一个豆荚，以后每天生出一个，到半个月就生出十五个荚。十六日以后，它每天又落下一个荚，到月底正好落完了。若是月小二十九天，它就剩下一个荚挂在树枝上，枯而不落。到了下月，它又重新这样表演一番。人们只要一看它结了几个荚或者落了几个荚，就知道这天是本月的哪一天了。

这吉祥的草给人们带来了很大的方便，尧就拿它做了日历，所以人们叫它"历草"或"历荚"。

蓂莆也是一种瑞草，叶子很大，能转动生风，就像扇子似的。它生在尧的厨房里，能扇却暑气，驱杀蚊蝇，使食物清凉洁净。

尧时还有一种草，叫屈佚草，生在门前的台阶上。若是有哪一个谗佞小人入朝，那草就弯曲着茎叶，直指那佞人，因此人们又叫它"指佞草"。

许由和巢父

许由和巢父都是尧时的隐士。传说，许由夏天就住在树上，冬天则住进山洞里，饿了吃山上的野果，渴了就用手捧着河水喝，以清高而有志节闻名于世。

人们见他连个水罐也没有，就送给他一只葫芦瓢，许由用瓢喝完了水，就把它挂在树枝上，风一吹瓢就发出当啷啷的响声。他觉得这声音叫人心烦意乱，就干脆把瓢取下来毁掉了。

尧帝的年纪渐渐大了，自己的儿子丹朱又不成器，他便想找一位大贤人，把天下让给他。当初，他听说阳城有个许由最贤，就亲自去拜访他。

尧恭恭敬敬地对许由说："太阳月亮已经光照大地，可是一小堆篝火还想呈现自己的微光，那不是太难了吗？及时雨已经降下来了，人们再去灌溉田地，那不是白费力气吗？老先生做君主，天下便可以太平，而我还坐在帝位上，这让我感到太过意不去了。请允许我把天下让给您吧！"

许由眼也不抬，慢声道："您治理天下，已经治理得很好了，我还去代替您，难道我是为了名声吗？那名声不过是事情的外在形式罢了，我何必要为它而努力呢？您请回去吧，我不需什么治理天下！厨子虽然不做菜，主祭的人也不能越俎代庖啊！"许由不肯接受尧的君位，就逃到颍水的南面、箕山之下去了，他躬耕田亩，一直没有做官的意思。

过了些年，尧又想请许由当九州长，便派了个使臣去跟他说。许由不但不肯当什么九州长，连这种话也不愿听，就跑到颍水边上去洗自己的耳朵。这时，正巧他的朋友巢父——一位夏天常常结巢住在树上的隐士——牵着小牛到河边来饮水。

巢父见许由洗耳朵，觉得奇怪，便问他："你耳朵里有脏东西吗？"

许由回答说："尧想让我出来做九州长，我讨厌这种话入耳，所以来洗一洗。"

巢父听了，对他翻着白眼说："得了吧，老兄！假如你一向住在高山深谷之中、人迹罕至之地，存心不让谁知道，那谁又能来找你的麻烦呢？你故意在外面东游西逛，造成了名声，现在又来这里洗耳朵。你可不要把我的牛嘴给弄脏了！"巢父一面说，一面牵着牛到上游去饮水。

从此，许由住在深山，隐居终身，死后葬在了箕山之巅。箕山因此也叫许由山。据说，现在箕山上还有许由墓，山下有牵牛墟，颍水边有一孔泉叫犊泉，石头上还留着小牛的蹄印，传说这就是从前巢父牵牛饮水的地方。

丹朱

丹朱是尧的长子。尧娶了散宜氏的女儿女皇，生下了丹朱。丹朱为人傲慢残暴，他的弟弟们见哥哥这样任性胡为，都不尊重他，也不听他的管教，兄弟们常闹纷争。

尧看见丹朱性情暴虐，教育无果，心中又忧虑又焦急。为了转移丹朱的性情，尧帝特意制作了围棋——用贵重的木料文桑做棋局，用珍贵的犀角和象牙做棋子——教他下棋，跟他对弈，希望他能改邪归正。哪知，丹朱对于围棋这玩意儿起初还觉得挺新鲜有趣，可不久就厌倦了。最终，丹朱扔掉围棋，又去胡作非为了，连尧也拿他没有办法。

尧帝经过长时间的考验，认为舜是个品德高尚的人，就把自己的两个女儿娥皇和女英嫁给他，并决定把国君的位置禅让给他。尧怕丹朱不服，便先颁下诏书，把丹朱放逐到南方的丹水去做诸侯，由做农官的后稷监督着。

那时，南方有个叫"有苗"又叫"三苗"的部族，他们的首领对于尧把天下让给舜很不满意，就跟丹朱勾结起来，发动叛乱，企图进攻中原，推翻尧的统治。大公无私的尧帝决不改变自己的主张，他亲自率兵在丹水之滨击败了三苗和丹朱的军队。三苗的首领被杀死了，丹朱投水自尽了。一场声势浩大的叛乱很快被平息了。

三苗的余众只得携儿带女，随同丹朱的溃军迁徙到南海去，他们在那里建立了一个国家，叫三苗国。丹朱的子孙后代在三苗国的附近也建立了一个国家，叫头国。这个国家里的人都长着人的面孔，鸟的嘴壳，背上生有翅膀，常用嘴在海边捕鱼。这个国家也叫朱国，其实就是丹朱国。

皋陶治狱

尧在位的时候，皋陶做大理，就是管司法的官。皋陶的相貌很奇特：脸色青中带绿，就像刚刚削了皮的瓜；嘴巴又尖又长，活像乌鸦的嘴。

别看皋陶其貌不扬，大法官的工作他可干得很好。他洞察实情，办事公正，言必有信，无论多么棘手的案子，经他办理，都能审得清清楚楚，断得明明白白，他不冤枉一个好人，也不放过一个坏人。

这除了和他本人的能力有关，还得益于一只神兽的帮助。这只神兽名叫獬豸，是个一只角的神羊，它长着一身长毛，夏天住在水边，冬天住在松林里，性情耿直忠正，能知道谁有罪谁没罪。遇到两个人发生争端，它总是用角去顶那理亏的一方。

皋陶遇到疑案不能断定时，只消把当事人叫上堂来，让神羊去用角顶，被顶的人自然输了官司，真是又准确又省事。因此，皋陶对这只明察秋毫、刚正不阿的神兽很敬重，每天从早到晚都小心地侍奉着它的饮食起居。

传说，到了汉代，朝廷的法官做了一种官帽，叫"獬豸冠"，只有大法官们出庭审判时才能戴，用以表示自己也像皋陶的神兽那样，辨曲直，明是非，刚正不阿。

大羿射日

十日并出

传说，尧帝的时候，曾经有十个太阳一同出现在天空，给人类带来巨大的灾难。

这十个太阳都是天神帝俊和妻子羲和生的宝贝儿子。他们住在东海一个名叫汤谷（也叫谷或温源谷）的地方。可能是太阳们常常在这儿洗澡的缘故吧，这里的海水总是像开水一样滚烫、沸腾。

汤谷里有一棵大树，名叫"扶桑"。这树大得很，有几千丈高，一千多围粗，据说羲和的十个太阳儿子就住在这棵大树的枝干上：九个太阳住在下面，一个太阳住在上面。十个太阳兄弟在母亲的安排下，轮流到天上值班，一个太阳一天。

清晨，每当扶桑树上那只玉鸡喔喔叫起来，天下各处名山胜水的石鸡也跟着叫起来，家家户户的雄鸡也跟着叫起来的时候，羲和就赶上六条金龙驾的车子，载着一个儿子从汤谷出发，让他先在咸池里洗个澡，然后便飞快地上路了。

他们途中经过的每个重要地方，都有一个代表时间的特别名称。一直到达悲泉，羲和才停下车来，因为这里是停车之地，所以又叫"悬车"。剩下的那段路程，羲和就让太阳儿子自己走去。

母亲似乎是不大放心，总要目送着爱子走向虞渊，进入蒙谷。当最后的几缕阳光涂抹在蒙谷水边的桑树和榆树的枝条上时，她才驾了空车又回到汤谷去，准备第二天再送另一个儿子。

十个太阳每日轮流上天值班，年复一年，他们觉得有些单调。于是，一天傍晚，他们背着妈妈开了个碰头会。

老大说："这种刻板的工作太没意思了。"

老二说："母亲每天送我们，太辛苦了。"

老三站起来提议："从明天开始，我们不用母亲送了，早上一同到天上值班，晚上再一起回来，也好叫母亲跟那六条金龙休息休息。"

大家都赞成老三的意见。第二天早晨，十个太阳兄弟一起跳上了天空，把整个宇宙照得通亮。他们充分体会到了九天遨游的自在和天马行空的乐趣，再也不想恢复过去那种轮流值日的制度了。

这样一来，可苦了天下的百姓。十个太阳就像十个巨大的火炉，不要说地下的禾苗和草木，就连石头也要熔化了。人们的食物一天天短缺，饿死和热死的人一天天增多。

偏偏在这时，又出来了许多猛禽怪兽残害人民。人民无法生活下去了，身为国君的尧帝更是心急如焚，只得向上天祈祷。

羿射九日

住在天庭的帝俊也觉得如果不过问一下，他的十个太阳儿子会闹出大乱子来的。于是，他让自己的妻子羲和去劝劝他们任性的儿子，叫他们还是一个一个轮流上天。可是，儿子们硬是不听。

没有办法，帝俊只好命令天上最有名的神射手——羿，带着他美丽的妻子嫦娥一同到凡间去拯救人类。帝俊心想，羿知道这十个太阳都是他的儿子，最多也只是教训教训他们罢了，不会真的杀害他们。临行时，帝俊还特地赠给羿一张红色的神弓和一袋白色的利箭。这红白相映的神弓利箭给羿增添了不少威风和神采。

羿带着妻子嫦娥来到人间，他们首先到闷热的茅屋里去见心急如焚的尧帝。尧见天帝派来了射神，心中非常高兴，立刻陪着羿到各处去巡视。

四方的百姓听说天帝派羿为他们除害，都挣扎着起来，聚集在街头、广场，向羿诉说苦情。这些人有的用木棍支撑着皮包骨的身子，摇摇晃晃；有的躺在路旁，面黑肌瘦，奄奄一息。

羿看到这种惨状，一股怒火顿时在胸中燃烧起来。他早已把十个太阳是帝俊的儿子这件事忘得一干二净了，决心将他们一个个射下来，拯救可怜的人民。

羿大步走向广场的中央，拉开红色的神弓，搭上白色的利箭，对准天上一个又红又亮的火球，嗖地射了出去。只听一声巨响，那红亮的火球炸裂开来，流光四射，金色的羽毛纷纷落下，紧跟着就见有个大鸟模样的东西从空中坠落下来，掉在地下。

人们围上去一看，原来是一只三条腿的金色乌鸦，它的羽毛被烧得光秃秃的，身上还带着箭。这就是太阳里的神鸟，人们叫它三足乌，也叫金乌。广场上的人们一看天上果然少了个太阳，便如潮水般欢呼起来。

羿在万民的欢呼声中连连弯弓搭箭，向天空那些惊慌失措的太阳射去。随着嗖嗖嗖的声响，只见一团团火球在空中爆裂，一只只三足乌坠到地下，一个个太阳在天空中消失。

这时，站在高台上的尧帝忽然想起太阳对人类是有用的，不能全射下来。于是，他偷偷从羿的箭袋里取出一支箭，这才剩下一个。羿射下九个太阳，又奉命杀死了那些害人的猛禽怪兽，为人民解除了痛苦。

从此，大地又披上了绿装，人民也过上了安定的生活。

嫦娥奔月

后羿求药

羿一连射下了九个太阳，得罪了天帝，不能返回天庭了，这让他内心无比悲伤。更令他内疚的是连累了爱妻嫦娥。嫦娥本是天上的神女，没想到如今也跟着他流落到人间，过着平凡的生活。

天上的神是永远不死的，地下的人则总有一天要死去，他们死后到地下的幽都里去跟那些黑色的鬼魂住在一起，过着阴暗惨淡的日子，那才是真正可怕的，也是可耻的。

羿每当想到这些，心中便充满了恐惧。他想，怎样才能使他们夫妻长生不老呢？羿突然想起，听说在西方的昆仑山上住着一个神，名叫西王母，她有不死药，人吃了可以长生不老。他决心不顾路途的遥远和艰险，去向西王母求药。

这西王母原是一个长着豹子尾巴和老虎牙齿、头发乱蓬蓬的、头上戴着一只玉胜（装饰物）、善于长啸的怪神，她住在昆仑山的一个岩洞里，有三只青鸟为她寻找食物和传递信件。

昆仑山被称为"帝之下都"，也就是天帝在人间的宫殿。西王母能够住在这里，可见她是一位女天神，而且据说是掌管人间生死病老的神，所以人们说她那里有不死药是合乎逻辑的。还有的书上说，昆仑山上有一棵不死树，吃了不死树上结的果子就可以永远不死。

西王母的不死药，就是用这树上的果子炼成的。但是，你不要以为这种果子很容易得到，不死树几千年才开一次花，几千年才能结成果，再经过几千年才能炼成不死药。所以，这不死药是非常稀少而珍贵的。至于通往昆仑山的路途，不但极为遥远，而且充满了艰险，一般的凡人是无法到达的。

昆仑山的下面环绕着一条深不可测的大河，名叫"弱水"。之所以称它为弱水，是因为据说一片羽毛落在上面也会沉没，更不用说乘船或凫水了。昆仑山的外面还有一座火焰山，那里烈火炎炎，昼夜不熄，无论什么东西碰到它都会被烧成灰烬。有这两大险阻，虽然到昆仑山去寻不死药的人很多，可是从来没有人取得成功。

羿靠着自己的神力战胜种种艰难险阻，终于飞腾着越过了弱水和火焰山，登上了昆仑山。据说，这地方距地面有一万一千里一百一十四步二尺六寸，比今天的珠穆朗玛峰还要高出数百倍。若不是羿，谁也别想到这么高的地方。

羿来到瑶池边的岩洞里拜见西王母，向她诉说了自己的遭遇和受到的不公平待遇。西王母对这位射日除害的英雄深表同情，决定满足他的请求，就命身边的青鸟把药葫芦叼来，她叮嘱羿说："这药是我几经沧桑才炼成的，只剩这些了，你要带回去藏好。你们夫妻俩分着吃了都可以长生不死，倘若一个人吃了还可以升天成仙。愿你在人间多做些除暴安良的事。"

羿谢过西王母，带上药葫芦，高高兴兴地飞腾起来，回到了家中。

嫦娥独占仙药

羿的妻子嫦娥是个外貌美丽而心胸狭隘的妇人。她跟着羿下到人间，本就是奉了天帝的命令，并非心甘情愿。不料，由于羿射下九个太阳，不能重返天庭，使她受到了连累。所以，她常对羿发牢骚："都是因为你出风头，射死了天帝的九个太阳儿子，让我也跟着你倒霉！"

羿默不作声地听着，心中充满了痛苦。正是因为羿觉得妻子受了自己的连累，他才冒着极大的危险去向西王母讨不死药。羿向嫦娥讲述了求药经过和西王母的叮嘱，就把药葫芦交给她，让她选一个好日子两人一同服下去，这样夫妻俩就可以在人世间长生不老了，这里虽然比不上天堂，可总比地狱好得多。

可是，妻子嫦娥另有自己的打算。她心中暗想："我本是天上的神女，住在地下实在受委屈。既然一个人吃了不死药可以升天，我何不把丈夫那份也吃了？这也不算对不起他，谁叫他惹下大祸，让我也跟着受罪！"

在一个月色朗朗的夜晚，趁着丈夫不在家，嫦娥把葫芦里的不死药全部倒出来，一口吞进了肚里。这时，奇迹果然发生了：嫦娥忽然觉得身子轻飘飘的，脚跟渐渐离开了地面，终于她不由自主地飘出了窗口。外面是蓝色的夜空，天上悬着一轮圆圆的明月，被一些金色的小星围绕着。嫦娥乘着习习的微风，一直向天上飘去，飘去……

她要飘到哪儿去呢？她思考着：假如飘到天府，定会被天上的姐妹们耻笑，说她对丈夫不忠；况且，一旦丈夫寻到天府来，也是件麻烦事。看来，只有先到月宫里暂避一下了。想到这儿，她便一直朝月宫飞去。

哪知刚到月宫，气还没有喘定，嫦娥就觉得自己的身子在发生变化：脊梁骨不住地往下缩，肚子和腰身却尽力往外膨胀，嘴巴在变阔，眼睛在变圆，脖子和肩膀挤拢在一起，周身的皮肤长出一些铜钱大的疙瘩。她吃惊地大叫着，可是她的声音已经喑哑。她想狂奔求援，却只能蹲在地下笨拙地跳跃。

原来，这个美貌的仙子，只因自私，一念之差，已经变成一只蟾蜍了。蟾蜍的形象是丑陋的，倒是后来的民间传说对嫦娥采取了宽恕的态度，说她没有变成蟾蜍，而是变成了月中的女神，仍旧是美丽动人的仙子。只是月宫中太清冷了，除了一株桂树和一年到头在那里捣药的白兔以外，什么也没有。

很久以后，那里才又添了一个"学仙有过"被罚在月宫里砍树的河西人吴刚。说来也怪，吴刚用斧头砍桂树，他边砍，那伤口边长上，所以桂树永远也砍不倒，他一直砍到现在。

舜的故事

舜原是有虞氏部落里的人，所以他也叫"虞舜"。舜的父亲名叫瞽叟，是个盲眼的老头。一天夜里，瞽叟做了个奇怪的梦，梦见一只凤凰口里衔着米来喂他，并且告诉他：这米是来做他的子孙的。不久，他的老伴便怀孕了，然后生了一个儿子，他的名字就叫"舜"。

舜的样子并没有什么特别，中等身材，黑黝黝的面孔，一张大嘴巴，嘴巴的周围不长胡子。舜只有眼睛与众不同，他的每只眼珠里都有两个瞳子，所以他的名字又叫"重华"。

舜的母亲很早就去世了，瞽叟后来又娶了个妻子，这个妻子生了个儿子名叫象，生了个女儿名叫手。舜在家中的处境是很艰难的。父亲瞽叟是个糊涂虫，只知道宠爱后妻和后妻的子女。后母凶狠忌妒，把舜看成眼中钉。弟弟象是个粗野傲慢自私自利的家伙。只有小妹妹手多少还有点善良之心。

舜生活在这样的家庭中不但得不到丝毫的温暖，还常常遭到父亲的毒打。父亲拿着小棍子打他，但打不坏筋骨，他

就含着眼泪忍受着；父亲拿大棍子打他，他就只好逃到荒郊野外去，向着苍天号啕痛哭，一声声呼唤自己死去的亲娘。更可怕的是那心肠狠毒的后母，总想杀死舜她才心满意足。

后来，舜在家中实在呆不下去了，只好一个人搬出去，在历山脚下盖一间茅屋，开垦些荒地，一个人过日子。耕田的时候，他看见布谷鸟带着小鸟在天空飞来飞去，母亲打食来喂自己的雏鸟，母子间充满了天伦之爱。再想想自己从小丧母，时时都有被后母害死的危险，舜不禁唱起了悲伤的歌。

舜是有名的孝子，尽管父亲打骂他，后母想杀死他，弟弟也欺负他，可是他总是用一片真心孝敬父母，爱护弟妹。他在历山耕田，每遇荒年，他常暗中拿些粮食接济父母。

舜还是个品德高尚、富于谦让的人。他在历山耕作没有多久，在他德行的感化下，那些过去争地界的农民都互相让起土地来了。后来，舜又到雷泽去打鱼。不久，那些为抢占渔场而打得头破血流的人也争着让起渔场。舜又到黄河之滨去做陶器，没有多久，那些粗制滥造的陶工们制作的陶器也都又美观又耐用了，舜的崇高德行感化了远近的人，大家都愿跟他住在一块儿。

过了一年，他住的地方便成了村庄；再过一年，那里就成了一座城镇；到第三年，那个地方简直变成个小都会了。当时，尧的年纪已大，正在天下寻访贤人，准备禅让帝位给他。各地的族长们都推荐舜，说他既孝顺又有才干，可以做候选人。

于是，尧就把自己的两个女儿娥皇和女英嫁给舜做妻子，又叫他的九个儿子和舜生活在一起，看看他是否真的有才干。一个普通的农民，就这样做了天子的女婿。舜虽然做了尧的女婿，但他仍旧对父母孝顺如初，可是这并没有感化那班恶徒。

后母见他成了家，有了两个漂亮的妻子和一群牛羊，国君还那么看重他，心中万分忌妒。于是，她把象找来，母子俩想出了一个害死舜的毒计。

晚上，后母跟舜的父亲说了这个计划，父亲心里惦记着舜的财产，也点头答应了。这天，象来到舜家，对他说："哥哥，爹叫你明天去帮忙修修谷仓，你别忘了早点来！"正在门前打麦的舜愉快地答应了。

象走后，娥皇和女英忙从屋里出来说："不能去呀，他们要烧死你的！"

"那怎么办呢？爹叫我做，我不能不去呀！"舜有些为难。

娥皇和女英想了想说："不要紧，你去吧！我们有一件绘着鸟形花纹的五彩衣裳，是当年九天玄女赠送的，你穿上它就可以化险为夷了。"

第二天一早，舜穿上五彩神衣，带上工具便走了。这几个人见舜穿着花花绿绿的衣服来送死，心中暗自发笑。象在谷仓旁立起梯子，叫舜登上仓顶。舜见上面确有几处漏水的地方，就动手修补起来。

这时，象突然把梯子撤走，跟他母亲一起运来一捆捆干柴，把谷仓围得密密实实，然后两人疯狂地将干柴点燃，大火立刻熊熊燃烧起来。舜在上面急忙大喊道："爹爹，母亲，你们这是干什么呀？"

后娘恶狠狠地狞笑道："孩子，送你上天堂呀！你不是要做天子吗？哈哈，哈哈……"

瞽叟也跟着傻笑起来。只有小妹妹手没有笑，她站在远处呆呆地望着。

浓烟滚滚，烈火冲天。舜知道自己已经无法逃脱了，他心想，自己一向孝顺父母，以德感人，没有做过什么亏心事，现在却要被大火烧死，老天太无情了。想到这里，他张开双臂仰天高呼："天啊，救救我吧！"

说来也怪，就在他张开双臂、露出彩衣上的鸟形花纹时，他忽然在红亮的火光中变成了一只五彩凤凰，嘎嘎地叫着飞上天空。恶徒们看见这情景，一个个惊得目瞪口呆。不一会儿，那只彩凤凰就落到了舜的院子，又变回了身穿五彩神衣的舜。

　　谷仓下放火烧死舜的阴谋没有得逞，恶徒们就不肯罢休。经过一阵子密谋，又一个罪恶的圈套预备好了。

　　父亲对舜说："前些天那回事都是你娘跟你弟弟干的，爹不知道，我把他们骂了一顿。"

　　舜温顺地笑了笑，没有做声。

　　"这回爹又有事来找你帮忙了，爹院子里那口井多年不淘，水都不是味了，明天你去帮我淘淘。"

　　"爹，你放心，明天我一定早点去。"瞽叟走后，舜把爹来找他淘井的事告诉了妻子。

　　两个妻子忙说："不能去呀，他们要淹死你的。"

　　舜说："爹亲自来找我，我怎好不去呢？"

　　两个妻子商量了一会儿，说："不要紧，你去吧！我们有一件绘着龙形彩纹的衣裳，是当年东海龙王赠送的。你把它穿在里面，遇到危险，你就脱去外衣，然后就会出现奇迹了。"

　　第二天早晨，舜把妻子拿出的龙形彩衣贴身穿上，带着工具去给他爹淘井。几个恶徒看见舜没有穿红红绿绿的奇装异服，心中暗自高兴，他们心想：这回叫你上天无路入地无门！

　　象拿来一条大绳子，系在舜的腰上，把他从井口放下去。刚刚放到井的中间，绳子突然被砍断了，舜扑通一声落进井底。可是，舜早有准备，他迅速脱去外衣，奇迹果然出现了：他立刻变成了一条金鳞闪闪矫健无比的游龙，这龙从井中钻入地下黄泉，然后又自由自在地从另一家的井口出来了。

恶徒们把绳子割断后，便往井里投石填土，把一口井填得平平实实，然后在上面踩了又踩。他们以为大功已经告成，高兴得简直要发狂了。三个人闹闹嚷嚷地来到舜家，准备接收舜的妻子和财产。

舜还没有回到家中，娥皇和女英心中也没有底儿，不知那龙形彩衣是否真的灵验，于是两人痛哭起来。几个恶徒在舜的屋里坐下来。象张开他那丑陋的嘴巴，抢先开了腔："这好主意本来是我想出来的，照理说我该多得一些财产，可是我什么也不要，只要这把琴……嘻嘻……嘻嘻"象说完，便从墙上取下舜的琴，叮叮咚咚弹了起来。

后娘说："好吧，就依你。那牛羊、田地、房屋就归我和你爹了。"

"行啊，嘿嘿……"瞽叟傻笑道。

这时，一直站在门外的小妹妹手看到这罪恶的情景，听着嫂嫂那悲痛欲绝的哭声，回想哥嫂平日对自己的关照，不禁悔恨起来。她后悔自己对哥哥两次见死不救，觉得自己真是对不起他。当她听到三个恶人争着霸占嫂嫂，瓜分财产时，再也忍不住了，冲进屋去大声喊道："害死亲人分财产，欺兄霸嫂太凶残。善恶到头终有报，当心头上有青天！"

她的话音刚落，就听门外有人说道："什么青天白天的，上了黄泉路也可以走回家！"随着说话声响起，舜迈着从容的步子走进屋来。一时间，屋里的人都惊呆了。

当大家断定眼前的舜的确是人而不是鬼时，坐在床边弹琴的象才讪讪地说："哥，我正想念你呢，所以拿下你的琴弹弹。"

舜平静地说："是啊，我知道你在想念我。这么说，你总算有点弟弟的样子了。"天性忠厚善良的舜，虽然受过两次谋害，可是对父母和弟妹仍旧像先前一样孝顺和友爱。

瞽叟和后妻没有分到舜的财产，还是不甘心。过了几天，他们又策划了一个阴谋诡计。

这回是后娘出马。她坐在舜的家中，皮笑肉不笑地对舜说："儿呀，我和你爹、你弟弟都觉得对不起你，明天请你去喝杯酒。过去的事，你就都把它忘了吧。明天你可要早点去。"

"母亲放心，我一定早点去。"舜恭敬地说。后娘走后，舜把爹娘请他喝酒的事告诉了两个妻子。

娥皇和女英忙说："不能去呀！他们要趁你喝醉时将你杀死。"

"那可怎么办呢？娘亲自来请，我不好不去。"舜又为难了。

"好吧，你去吧！"娥皇和女英想了想，从小箱里取出一包药，递给丈夫说："你先到水池里洗个澡，明天喝酒前把这包药吃下去，你就会平安无事了。"

舜洗完澡后来到瞽叟家，见桌上已经摆了一个酒葫芦和几样下酒菜。爹娘和弟弟今天显得格外殷勤，给他斟了满满的一碗酒，他们当然是希望他快点喝醉了，好动手杀死他。舜悄悄地将妻子给的那包药服下，然后端起酒碗，一饮而尽。舜喝了一碗又一碗，从早晨一直喝到日落，竟没有一点醉意。

瞽叟一伙人都觉得奇怪，他们找不到下手的机会，这阴谋又失败了，舜又平平安安回到家中。小妹妹手本来和嫂子们有些矛盾，但她看见家人这样作恶，同情哥哥嫂子的遭遇，终于和两个嫂子和睦相处了。

尧经过长时间的多方考察，确认舜是个道德高尚的贤人，就把自己的帝位让给了他。舜做了国君以后，心里时刻装着天下的人民，关心百姓的疾苦，把国家治理得非常好。

传说，他亲手制作了一把五弦琴，还自己谱写了一首名叫《南风》的歌曲，且常常边弹边唱道："南方吹来的暖风啊，可以消除我人民的愁怨！南方吹来的应时的风啊，可以增加我人民的财富！"

这表明，舜时时想着用南风一样的仁政使人民安居乐业，幸福安康。他把国家治理得非常好，据说连西王母也来向他献白玉环和玉佩。舜做了天子后，对待他的爹和后娘仍然很孝顺。就连几次想谋害兄长的象也得到了舜的包容，舜还封他到有庳做了个诸侯。舜的仁德终于感化了凶顽傲慢的象。

据说，舜死后，象也从封地赶来给哥哥祭扫坟墓，每到春季，都有一个长鼻大耳的象来耕耘舜的祭田。

舜晚年出巡时病死在苍梧之野，葬在九嶷山的南面。噩耗传来，人们都像死了爹娘一样失声痛哭，悲痛万分。他的两个妻子娥皇和女英，更是悲痛欲绝。她们赶紧乘上船，沿着湘水南下，想去为丈夫奔丧，不幸船被风浪打翻，姐妹俩落到江中淹死了。

据说，舜有九个儿子，可是他们都不成器。舜在临死前，便把帝位让给了治水有功的禹。

鲧窃息壤

尧在位的时候，灾难接连降临到他的国土上，先是大旱，后来又是洪水。那情景可怕极了，大地上沧海横流，一片汪洋。老百姓无家可归，有的住在山顶的岩洞里，有的就在树枝上做巢栖身。地里的庄稼都淹死了，野草却长得很茂盛，恶禽猛兽也很快繁殖起来。可怜的人类一天天减少，只有鸟兽的足迹遍布国中。

身为天子的尧帝，看到人民遭受这样的苦难，忧心如焚。他把四方部落的首领请来，问他们派谁去治水，众首领说："就叫鲧去吧！"尧对鲧有点不放心。可是，一时找不到更理想的人，只好让他试一试。于是，他下达了命令，派鲧去治水。

鲧也是个天神，而且是黄帝的后代。他同情人民疾苦，急于征服洪水，可是他知道单凭自己这点神力很难办到，所以常常皱着眉头闷闷不乐。一天，一只乌龟和一只猫头鹰互相拉扯着走过来，问鲧为什么发愁，鲧就把自己的心事告诉了它们。

"那有什么难办？"猫头鹰和乌龟抢着说，"俗话说：水来土掩。只要在河上筑起大坝，洪水就不会泛滥了。"

"可是，到哪儿取这些土石呢？"鲧着急地说。

猫头鹰献计说："你祖父黄帝那里有一种'息壤'，那可是个宝物，一点点土就可以长成千丈大堤，万丈高山。用这种宝物来阻挡洪水，还怕挡不住吗？"

鲧听了很高兴，认为这是个好办法。当然，他也知道自己的祖父是个严厉的天帝，如果这件事被他知道了，自己定会受到惩罚。可是，为了尽快治服洪水，拯救人民，他只好这么干了。

不知冒了多么大的危险，用了什么办法，鲧终于从天上窃来了息壤。然后，他背着息壤，带着猫头鹰和乌龟，到吕梁山一带去治理洪水。这办法可真灵，只要在河边撒下一把息壤，岸上立刻就会长出一道高大的堤坝，挡住汹涌的洪流。在积水的地方撒下一点息壤，积水很快就会干涸，露出黑色的地面。

然而，鲧窃息壤的事，很快就被黄帝知道了。他恨天国里出了这样的逆子，立刻派火神祝融下到人间，在羽山的郊野把鲧杀死了，取回了被窃的息壤。这下，各地的洪水又泛滥起来。

鲧并不怕死，当初他盗取天上的息壤时，就是抱着牺牲生命的决心的。他遗憾的是没有把人民从洪水中拯救出来。所以，他死后精魂仍然活着，他的尸体过了三年没有腐烂，而且腹内还孕育着一个新的生命。他用自己的全部精血去哺育这条小生命，希望他的神力能超过自己，继续完成治服洪水的伟大事业。

鲧的尸体三年不腐烂这件奇事被黄帝知道了。他担心鲧会变成精怪扰乱天庭，便派了一个天神，让他带着一把吴刀把鲧的尸体剖开了。这时，奇迹发生了。从鲧的肚子里忽然跳出一条虬龙，它头上长着角，金鳞闪闪，盘旋而上，升上了天空，这就是禹。

禹上天之后，鲧也化作一条黄龙，跃进了羽山脚下的深潭之中。

大禹治水

禹诛防风氏

禹治水之前，先在会稽山上召开了一次天下群神的大会，让众人共同商讨治水的方案。

开会时，大家都到齐了，只有防风氏迟到了，为了严明纪律，禹就把他处死了。

防风氏本是南方一个巨人族的首领，他身高三丈有余。由于他身体特别高大，任何刽子手也休想用刀斧砍掉他的脑袋，禹便临时征调民工筑起一道高高的塘坝。

行刑的时候，禹让防风氏站在塘坝下面，刽子手站在塘坝上面，禹选派了最有力气的人，使用了最锋利的刀才把防风氏的头颅砍下来。这段塘坝，后人便管它叫"刑塘"。

防风氏被处死后，就葬在会稽山上。过了两千年，到了春秋时代，吴王夫差率兵攻打越国，把越王勾践的几千人马包围在会稽山上。战争打得很激烈，连山都崩塌了。吴军从毁坏的山中掘出一根大骨头，要一辆大车才能装得下，它既不像人的骨头，也不是兽的骨头，谁也不认识它是什么骨头。

于是，吴王叫人去请教博识的孔夫子，孔夫子说，这就是当年大禹治水时被禹处死的巨人防风氏的骨头。传说，千百年后越国还保留着防风氏古庙，庙里的神像是用泥巴和木头雕塑的：那神长着龙的头，牛的耳朵，两道眉毛连成一线，下面只有一只眼睛。

越国的人民每年都要祭祀防风氏。祭祀时，人们要演奏防风氏古乐，吹一种约三尺长的竹筒，这竹筒发出呜呜的号叫声，三个披头散发的人，应和着这悲哀的音乐，在神庙的大殿上跳起舞来。可见，人们对这位神话传说中的巨人还是很怀念的。

河图和玉简

一天，禹来到黄河岸边，正在观察水势，忽见从河中跳出一个人来，那人长着白白的面孔，鱼的身子，自称是河神，他送给禹一块水淋淋的大青石板，然后又转身投入黄河不见了。

禹仔细看那块青石板，发现上面布满了线条似的花纹，聪明的禹立刻明白了这是一幅治水的地图。禹得到这幅地图之后，治水的方案更加周密，治水的信心也更足了。

又有一次，禹率众开凿龙门山的时候，偶然进入了一个大岩洞。洞有几十里深，里面光线幽暗，禹只好命人打起火把探路。走着走着，众人见前面有只形状像猪的怪兽，它嘴里衔着颗夜明珠，珠子发出的光比烛光还明亮，像是在给他们照路。接着，又出现一只青狗，它一面汪汪叫着，一面朝前跑去，像是在给他们带路。

禹跟着它们往前走，大约走了十里，他就觉得眼前渐渐明亮了，最终他们来到了一座明亮的石屋里。这时，只见刚才替他们带路的猪和狗都变成了人形，身上穿着黑色的衣服；又见石室的中央坐着一个神，他长着人的面孔、蛇的身躯。

禹一看这神长的样子，心里就明白了，他忙上前施礼，问道："您就是华胥氏的儿子伏羲氏吧？"

"是啊！我正是九河神女华胥氏的儿子伏羲。"伏羲说完，从怀中掏出一只玉简递给禹。这玉简有一尺二寸长，与一天十二个时辰相对应。

禹问："这东西有什么用途？"

伏羲说："这叫玉简，拿了它，你就可以度量大地，平定水土。"

禹以后治水时，便经常把这玉简带在身上，后来他果然平定了水土，度量了大地。

禹求贤人

大禹治水时，曾到各地去求访贤人。

东面，他到过东海上长着几千丈高扶桑的地方。每天早晨，太阳从那里出来，照耀着各处的渡口、广阔的原野、参天的古木、高耸的山峰，以及飞鸟栖息的幽谷。那儿有个奇异的国家，叫黑齿国，那里的人的牙齿都是黑的，传说他们是帝俊的后代，拿稻谷做粮食，而且随身带着两条蛇，一条青蛇一条赤蛇。

南面，他到过交趾，那儿有红色的粟米和黑色的漆树，江河湖海里的水终日沸沸腾腾。九阳山下，有个羽民国，传说这里的人都是卵生的，长着鸟的嘴壳，红眼睛，白脑袋，他们身上有翅膀，能飞，可是飞不远。还有个裸民国，那里人人赤身裸体，一丝不挂。传说，禹到这个国家时，脱了衣服进去，出来再穿上衣服，为的是尊重其国的风俗。还有个不死国也在这里，不死国中有座圆丘山，山上生有不死树，也叫甘木，山下有个赤泉。人们吃了甘木的果实，喝了赤泉的水，便会不老不死。

西面，他到过三危国，这个国内有三座高山，山上有三只青鸟在那儿筑巢，这三只青鸟就是替西王母服役的神鸟。三危国不远处就是巫山，那里的人不食五谷，只靠饮露水吸空气就能活着。巫山旁还有一座积金山，山上的人都只长着一只手臂和三张脸，据说他们是颛顼的后代。

北面，禹到过令正国，那里一年四季阴暗少日。还到过人面兽身的犬戎国、身躯高大的夸父国，以及海神强居住的地方……禹走了这么多地方，可他一点也不懈怠，只是心里挂念着百姓，弄得自己又黑又瘦，五脏生病，七窍不通，走路右脚越不过左脚，真可谓辛苦到极点了。

禹凿三门

位于今河南省境内的三门峡，相传也是大禹治水时开凿的。

这里原来有一块奇大无比的巨石，平坦如砥，挡住了黄河的去路。禹凭着自己的神力，把它凿成几段，开出三道门户，让河水流过去。三门各有自己的名称：中间的叫神门，南面的叫鬼门，北面的叫人门。水从三门流过，狂涛拍岸，声如雷鸣，惊心动魄。其中鬼门尤为险恶，舟筏一入，很少有人不葬身河底的。

今天，在黄河的中流仍旧巍然矗立着一根像大柱子似的山石，被称为"砥柱"，据说它就是禹凿三门时留下来的。在三门峡峡口的附近，有七口石井，据说是大禹率众神开凿三门时挖的水井。在鬼门岛的上面，有两个比井口还大的圆坑，活像一双马蹄印，人们称之为"马蹄窝"。据说，是禹王开凿砥柱山，跃马过三门时，马的前蹄在鬼门岛上打了个滑儿，踏下了这对蹄印。

在三门峡的上游，还有个禹王庙，放溜过峡的艄公们，都要先在这里歇歇脚。他们给禹王烧香许愿，燃放鞭炮，请他保佑平安，接着他们饱吃饱喝一顿，然后才驾着竹筏木船，从汹涌澎湃的急流中箭似的飞过。

千百年来，不知有多少船夫在这里葬身鱼腹。所以，当地的民谣说："店头街（茅津渡），叫不尽的艄公，哭不完的寡妇！"

禹擒无支祁

禹治理洪水时，曾经三次来到桐柏山。每次来，他总是看到那里在刮大风，打霹雳，石头怪叫，树木哀号，使得治水的工程无法施展。禹发怒了，他马上召集群神，叫他们想办法降妖除怪。

桐柏山和附近各山的山神都吓慌了，他们都跑来叩头请求饶命。禹疑心他们态度消极，包庇妖物，便把他们中几个特别狡猾的如鸿蒙氏、商章氏、兜卢氏、犁娄氏等囚禁起来，进行审讯。一审这些人，果然说出了实情。原来，淮水和渭水之间，有个叫无支祁的大水怪在兴风作浪。禹马上派人去把无支祁擒获了。

这水怪形状像猿猴，长着白脑袋、青身子、高额头、低鼻梁，牙齿雪亮，两眼射出金光，脖子伸出来有百尺长，力气大得超过九头象，可是他的身子非常灵活，可以一下子跃上天空，转眼间又沉入河底，诸神都拿它没有办法。禹把它交给天神童律，童律管束不了；交给天神乌木由，乌木由也管束不了；最后交给天神庚辰，几经搏斗，庚辰才将它制服。

传说，庚辰跟无支祁搏斗时，有数以千计的山精水怪和魑魅魍魉围着无支祁奔跑号叫，企图把它掩护起来。庚辰用了一把神戟才把这些妖物赶跑。于是，禹命人用大铁索锁在无支祁的脖颈上，又在它鼻孔里穿上了金铃，把它镇在如今江苏淮阴的龟山脚下。从此，淮水才平安地流入大海。

三过其门而不入

禹在治水之前，先到各地做了一番考察，摸清洪水为害的情况。

他沿长江东下，又溯黄河而上，走遍了九州的山山水水。禹在考察中认识到，父亲鲧治水之所以失败，是因为他只采用"堙障"的方法，用息壤来修筑堤坝，使洪水不再横流。可是，水总是从高处往低处流的，水积多了，涨高了，堤坝就挡不住了。

于是，禹接受父亲的教训，改变治水的方法，以疏导为主，以堙障为辅。他叫那长着双翼的应龙走在前面，拿它的尾巴画地，尾巴画在哪里，禹就在哪里开凿河川，疏导洪水，使之流向大海。禹开凿的那些河川，就成了今天的大江大河。

同时，禹还让一只大乌龟背着天帝赐的息壤跟在后面，随时把那些积水的深渊填平，把人类居住的地方加高。那特别加高起来的地方，便成了今天的高山峻岭。

禹念念不忘父亲的遗志，时时想着人民的疾苦，拼命工作，劳神苦思，他一连治水十三载，几次经过家门口都没有进去看看，所谓"三过其门而不入"的佳话，指的就是这个。

他不仅领导治水，还处处亲自动手。他手上的指甲磨秃了，小腿上的汗毛磨光了，半个身子都不听使唤了，走起路来一瘸一拐的，后脚超不过前脚，人们把他这种步伐称为"禹步"。

经过了十几年的艰苦奋斗，禹终于治好了有名的大河三百条，支流小河三千条，更小的河流无数条。大地上的洪水退下去了，到处出现了一片新绿。人民从高山的洞穴里走出来，从树上的巢窠里走下来，又过上了安定的生活。为此，人们世世代代感谢禹的恩德，歌颂他的功绩。

禹铸九鼎

禹治服了洪水，做了天子后，就想再给人民做些好事。他半生奔波，几乎走遍了九州的山山水水，熟知各地都有哪些山精水怪、魑魅魍魉一类害人的妖物。

为了使人们能够有所防备，禹便用九州州长们贡献上来的九堆铜铁，在荆山脚下铸造了九个宝鼎。据说，一具宝鼎要九万人才能拉得动，可见这是怎样的庞然大物了。每个宝鼎上都刻绘了天下各地毒虫恶兽和鬼魅精怪的图像，让人们一看就晓得一方有什么害人之物，好预先知道防备，将来出门远行也心中有数，趁早带上降服妖怪的武器和法宝，便不会再受害了。

禹把这九个宝鼎摆放在宫门之外，叫人们参观识别，它们成了旅行指南。所以，禹铸鼎的本意是教导人民辨认奸邪，并不是为了纪念自己的功德。

九个宝鼎传下去，从夏代传到殷代，又从殷代传到周代，它们渐渐成为传世的国宝，被帝王珍藏在庙堂里，其辨识奸邪的作用也消失了，最终成了权位的象征。

对这九个宝鼎，历代的野心家们一直很感兴趣。春秋时楚庄王率兵攻打陆浑戎（小国名），走到周天子的都城洛邑（今河南洛阳），周定王派使臣王孙满去接待他。席间，庄王向王孙满询问九鼎的大小轻重，颇有取周王朝而代之之意。

善于外交辞令的王孙满说了一句含有讽刺意味的话："在德不在鼎。"意思是说，国君统治天下在于是否有德，不在于是否有鼎，这让楚庄王碰了一鼻子灰。

后世便把这个典故称为"庄王问鼎"或"问鼎中原"，它也成为野心家要夺取帝位的代名词了。

禹量大地

大禹用了13年的时间，历尽千辛万苦，终于治服了洪水，大地恢复了生机，人民又过上了安定的日子。

禹想弄清楚中国大地究竟有多长多宽，就命天神太章步量大地，太章从东端走到西端，测得的长度总共是二十三万三千五百里七十五步。禹又命天神竖亥从北端走到南端，测得的长度也是二十三万三千五百里七十五步，一步不多，一步不少。原来，我们中华民族居住的这块土地，在禹的时代竟是方方正正的，禹把它划分成九州。

　　禹还测得三丈以上的洪水深渊共有二十三万三千五百五十九个，他便用治水时剩下的息壤去填塞这些深渊，息壤生长不息，把这些洪水深渊都填平了，那些高起来的地方，就成了四方的名山。

鲤鱼跳龙门

　　龙门山在黄河以东的地界，据说它本来跟吕梁山的山脉连在一起，挡住了黄河的去路。

　　大禹从青海的积石山疏导黄河，来到这里，就用神力把大山从中间凿开。山成了一扇门的样子，门户大约有一里宽的光景，河水可以从门户间奔腾而下。这里两岸山崖陡峭，连车马也不能通行，禹就把这地方取名为"龙门"。

　　传说，打那以后，每年暮春三月，就有数千条黄鲤鱼从河川江海中奔聚而来，争先恐后地跳龙门。一年当中，能够跳过龙门的鲤鱼，不过七十二尾。每条鲤鱼刚刚跳上龙门，就有云雨伴随着它，又有天火从后面烧它的尾巴，烧掉了尾巴的鲤鱼，就变成真龙升天了；跳不过龙门的鲤鱼，碰得头青眼肿，只好回去做凡鱼。

唐代大诗人李白《赠崔侍御》诗云："黄河三尺鲤，本在孟津居。点额不成龙，归来伴凡鱼。"就是用的这个典故。

启得天乐

启是禹的儿子。禹晚年时，把天下传给启，叫他做了夏代开国的君主，所以人们也称他夏后启。

启的父亲禹是一位天神，也是著名的治水英雄。启的母亲却是一位人间的姑娘，她是涂山氏的女儿，名叫女娇。

有一天，身怀有孕的女娇化作了一块大石头。禹冲着石头喊道："还我儿子！"话音刚落，那石头忽然朝北面裂开了，从里面生出个男孩儿，名字就叫"启"。据说，这块石头至今还在嵩山脚下，人们称之为"启母石"。

启出生不凡，也是个富有神性的人物。传说，在西南海之外，赤水以南，流沙以西的地方，有一个人，耳朵上挂着两条青蛇，乘着两条龙在空中飞腾，他周围有层层的云朵环绕着，这人便是夏后启。

启曾经三次到天上做客，并把天乐《九辩》和《九歌》带到人间来。在那高达二千仞的大乐之野，启把得到的天乐略加改制，成为《九招》，吩咐歌童舞女们载歌载舞，供自己享乐。

启自从登上王位以后，更加淫逸放荡，只图寻欢作乐。他常常跑到郊野去大吃大喝，沉湎于酒宴声色之中。他吃喝的时候，还要命人在一旁吹笙击磬，叫人们表演欢乐的舞蹈。他的这些行为终于被上天知道了，上天便抛弃了他。

伯益调驯鸟兽

帝颛顼有个漂亮的孙女，名叫女脩。

一个春光明媚的日子，女脩正在窗前织布，忽然有一只燕子飞过来，遗下一枚蛋。女脩把这蛋拾起来，吞进肚里去了，从此她便有了身孕，后来她生了个儿子，名叫大业。大业长大后，娶了少典氏名叫女华的姑娘做妻子，生了儿子大费，他就是伯益。

伯益有一种特殊的本领，就是熟悉各种飞禽走兽的脾气性情，懂得各种禽兽的语言，能够模仿出百鸟的叫声。伯益长大后，先跟着大禹去平治洪水。治水虽然成功了，可是大地上仍然很荒凉，草木茂盛，禽兽横行，它们糟蹋庄稼，伤害人民。舜帝为此日夜忧愁，想物色个人去驯服鸟兽。

一天，舜帝坐在朝堂上问众臣："谁能去管理山泽的草木和鸟兽呢？"

众臣齐声推荐说："益就行啊，叫他去吧！"

舜说："好，益呀，你就去做那管山泽的官吧！"

伯益却很谦虚地下拜、叩头，要把舜的任命让给朱（豹）、虎、熊、罴四个同僚。

舜就说："这样吧，你带他们一道去，叫他们做你的辅佐吧。"

于是，伯益来到山泽，调驯鸟兽，大多数的鸟兽都被他驯服了。

后羿的传说

后羿也称夷羿，是夏启时代有穷氏部落的首领。他曾经推翻夏代的统治，从夏启的儿子太康的手中夺得了王位。相传，他从小就非常喜欢射箭，特别仰慕尧时射下九日的射神羿，所以他也取名叫羿，后来因为他做了国君，人们便称他后羿。"后"就是君主、首领的意思。

后羿原来是个农民的儿子。他五岁那年，父母带着他上山采药。跑了大半天，他觉得很困倦，便躺在一棵大树下睡着了。大树上有一只蝉，正在"知——了，知——了"地叫着，别的树上却寂然无声。父母想，让孩子睡一会儿吧，回来时听到蝉声就能找到他了。

老两口安顿好了就去采药，不料归来时太阳已经偏西，所有树上的蝉都"知——了，知——了"地叫起来，他们无法找到自己的儿子了。

再说后羿在大树下一觉醒来，不见了爹娘，心里着急，就坐在一块大石头上哭起来。这时，正巧有个名叫楚狐父的山间猎人打这儿经过。他见孩子找不到爹娘，哭得可怜，怕他待在山里太危险，就把他带回家去，收养他做了义子。

楚狐父是一个有名的神射手。自幼喜爱射箭的后羿，从义父的身上学到了高超的本领。不知是天生还是经常挽弓的缘故，后羿的左臂比右臂要长一些，这使他的弓拉得更满，射出去的箭更有力。

时间过得真快，转眼间后羿已经是个男子汉了。他虽然五岁时就离开了父母，可是爹娘的影子常常朦胧地出现在他脑海中。不久，义父楚狐父病死了，他一个人住在深山里，常常感到孤独寂寞，他很想回家去看看自己的亲生父母，却不知道自己的家在什么地方。

一天，他拈弓搭箭，向苍天祷告说："我一定会用这张弓除暴安良，上天保佑我这一箭射到我家的门楣上。"说来奇怪，他一箭射出，那箭流星似的直奔东南而去。

后羿沿着箭头方向一路追寻，一直寻到山边的一座茅屋前，只见那支箭不偏不倚，正牢牢地插在柴门上。后羿进屋一看，房屋四壁挂满了蛛网，灶台上放着几个破盆烂罐，看来这屋子已经很久没人住了。他向邻居询问，才知道父母早在几年前就先后病故了。

后羿很悲伤，无心在这里长住下去，就带着弓箭到处漫游。后羿在漫游的途中，结识了一个射箭高手，名叫吴贺。

后羿便拜他为师，向他学习射箭的技巧。

一天，两个人正走在路上，看见一只鸟儿从天空飞过。吴贺对后羿说："把它射下来，要射左眼！"后羿一箭射出，鸟儿应声落地。两个人跑过去一看，后羿射中的不是左眼，而是右眼。

后羿望着天空，感到很羞愧。他知道自己功夫还不到家，从此便更加刻苦地学习，精益求精，直到百发百中，不差分毫。在漫游中，他用身上的弓和箭做了许多除暴安良的好事，深受人民的爱戴，终于做了有穷国的国君。

后羿做了国君，四方的诸侯都服从他，只有一个名叫伯封的诸侯不服。这个伯封，传说是先前在尧帝手下当乐官的夔的后代。他是个性情暴戾又贪得无厌的人，生就一张长长的像猪八戒的面孔，人们就给他送个绰号，叫大野猪。

别看这个大野猪长得三分像人，七分像兽，他的母亲却是个绝色的美人。她长着一头长长的黑发，一双秋水般清澈的眼睛，面庞白皙娇嫩，说话做事善于随机应变，十分讨人喜欢，因此人们就给她取个绰号，叫黑狐狸。实际上，她的真名叫玄妻，是有仍氏的女儿。

后羿见大野猪不听号令，就带兵去攻打他。那大野猪虽然也有几分武艺，却不是后羿的对手，没打上几个回合，他就被后羿一箭射死了。

消灭了残暴的大野猪，人民都非常高兴，只有他的母亲黑狐狸悲痛万分。后羿见玄妻长得妩媚动人，一下子被迷住了，他不顾臣子的忠言劝诫，纳她做了自己的妃子。玄妻对杀死她儿子的仇人怀恨在心，却不敢公然反抗，只好忍气吞声，假意顺从，暗中等待时机。

在后羿率兵凯旋的路上，遇到了一个名叫寒浞的年轻人，这人从遥远的寒国跑来投奔他。这个寒浞原是寒国的贵公子，为人阴险狡诈，正直的寒国国君伯明看穿了他的底细，便将他驱逐出境。他不甘寂寞，又千里迢迢来投靠后羿。

后羿不分好歹，被他的花言巧语所迷惑，不但收留了他，还任命他做了宰相。寒浞掌握了大权，便萌生了篡位的野心。他趁着后羿不理朝政，时常在外打猎的机会，偷偷溜进宫中，跟玄妻勾搭在一块儿。玄妻想替儿子报仇，寒浞要篡夺王位，两个人一拍即合，很快结成了死党。

他们从背后挑拨群臣和后羿的关系，暗中培植自己的党羽，加紧谋杀和篡权的准备，而一心只想着打猎的后羿还蒙在鼓里。一天傍晚，后羿带着一些人从郊外打猎归来，当他走近一片树林时，忽然有几支冷箭从林中飞出来。后羿还没有来得及拈弓搭箭，那几支冷箭已经射中了他的前胸和后背，他的身子晃了几晃，从马上滚落下来。这时，寒浞带着一批心腹武士从树林里冲出来，跑到后羿跟前，残暴地将他杀死了。

后羿身边的随从们大都被寒浞所收买，他们纷纷放下武器，少数几个忠诚的侍卫奋不顾身地和寒浞战斗，也终因寡不敌众，死在寒浞手下。

寒浞做了有穷国的国君，他仗着权势欺凌诸侯，鱼肉百姓，人民忍无可忍。这时，夏启的孙子少康在人民和诸侯的拥戴下，举兵讨伐寒浞。经过几年苦战，又用了一些巧妙的计谋，少康终于消灭了寒浞，为夏王朝的复兴奠定了基础。

昏君夏桀

夏朝最后一个国君名叫履癸，就是历史上有名的昏君夏桀王。

这个夏桀王，身体魁梧，相貌堂堂，力大无比。他能把坚硬的鹿角一手折断，把弯曲的铁钩轻轻扳直。他敢于徒手和虎豹搏斗，有胆量下水斩杀蛟龙。从外表上看，他的确称得上是一个英雄豪杰，内里却藏着一颗残暴腐朽的心。

相传，他为了自己享乐，用从百姓那里敲骨吸髓弄来的钱财造了一座高大华丽的宫殿，取名"瑶台"。这座宫殿里聚集了天下的许多珍宝和美女，夏桀每天就跟这些美女混在一起，狂歌乱舞，饮酒作乐，不理朝政。他还在宫苑里挖了个大池子，里面装满了酒。他喜欢看众人饮酒的场面，他命人打一通鼓，立刻就有三千人趴在酒池边喝酒，他们一个个伸长了脖子，像老牛饮水似的，吸得吱吱作响。

有人喝醉了，摇摇晃晃的，一头栽进酒池里淹死了，他和妃子们见了拍手大笑，觉得挺好玩的。还传说，夏桀在一处深谷中造了一个"长夜宫"，他整天就待在那吃喝玩乐，一连数月不理朝政。

后来，有一天晚上天空突然刮起了大风，飞沙走石，一夜之间就把深谷填平了，那座"长夜宫"也埋在了沙石的下面。这或许是上天对夏桀的惩罚吧。

夏桀二日

夏桀的宫中有个叫关龙逄的贤臣，他见夏桀荒淫无道，常常直言谏诤。

一天，他对夏桀说："大王如不停地造酒池，将来夏王朝的宗庙，恐怕要被池子里的酒淹没了！"夏桀一听，这等于骂自己是祖宗的逆子，便把关龙逢杀死了。

还有个名叫伊尹的小臣，当夏桀在瑶台跟美女狎客们通宵达旦寻欢作乐的时候，他也举起酒杯劝谏说："君王长此下去，恐怕国家早晚要灭亡的。"

夏桀听了冷笑两声，拍着桌子喝道："胡说！我有天下，就像天上有太阳；除非太阳灭亡，我才会灭亡。谁见过太阳会灭亡！"

夏桀妄自尊大，常把自己比作永远不落的太阳。可是，人民怨恨他，已经到了忍无可忍的地步，他们常常指着太阳诅咒道："你这可恶的太阳，什么时候才能死去？你若死去，我愿跟你一同灭亡！"

伊尹原是汤王的小臣，因为不被重用，跑来给夏桀做了御膳官。现在他眼见昏王执迷不悟，后悔当初离开汤王投奔桀王。于是，他悄悄连夜离开了夏桀的都城，又回到汤王那里去了。

夏桀有个臣子叫费昌，一天他来到黄河边上，忽见天空出现两个太阳，东边的一个光芒灿烂，正在升起，西边的一个黯淡无光，正在沉落。费昌心中诧异，这时刚好河伯来了。费昌就问他："这两个太阳，哪一个是殷？哪一个是夏？"

河伯说："东边的是殷，西边的是夏。"费昌见夏王朝大势已去，便带上一家老小，投奔殷汤王去了。

伊尹的故事

伊尹生空桑

古时候，东方有个叫有莘氏的小国。一天，有个姑娘到树林里去采桑，忽然听见婴儿的哭声。姑娘觉得很奇怪，朝着声音找去，只见一株空心的老桑树里有一个细皮嫩肉的小男孩儿。姑娘便用自己的衣服把孩子包好，抱回去献给国王。

国王叫御膳房的厨子把娃娃抱去抚养，同时派人去调查孩子的来历。不久，调查的人回来报告说，这孩子的妈妈住在伊水之滨，她怀孕的时候，一天晚上梦见有个女神对她说："若是看见你家的石臼里出了水，你就赶紧朝东跑，千万不要回头看。"

到了第二天早晨，她家的石臼果然出了水。她赶紧告

诉四邻快躲避水灾，然后自己一口气向东方跑了十余里，来
到了一片桑树林边。她心中惦记着家园和逃难的乡亲们，便
忍不住回头看了一眼。她一看，不好，自己的家园已经被洪
水淹没了，那排山倒海般的巨浪正在向她扑来。她一时惊呆
了，直挺挺地站在那里，不知如何是好。

就在这时，她忽然变成了一株空心桑树，抵抗着滚滚的
洪流。她的儿子便在这桑树的空腹中孕育着、生长着。过了
些日子，洪水渐渐退下去了，大地又生出一片新绿。

当那个采桑的姑娘来到桑林的时候，就是在这个空桑的
肚子里发现了这个赤条条的婴儿。因为孩子的母亲原来住在
伊水的岸边，孩子长大后又做了"尹"的官，所以人们就叫
他"伊尹"。

伊尹陪嫁

伊尹在御膳房厨子的精心抚养下渐渐长大了，他跟着养
父学得了厨师的技巧，烹得一手好菜肴。同时，他还自觉地
勤奋读书，积累了不少学问，懂得了不少治国安邦的道理。

有一年，殷王成汤来到有莘国，他听说有莘王有个既漂
亮又贤惠的女儿，便想娶她做妻子。有莘王知道成汤是个贤
王，很高兴这门亲事，便按照当时的婚礼把女儿嫁过去了。

那时伊尹也很想到成汤那里去做事，发挥自己的才干，

只是找不到门路，现在他便趁着有莘王嫁女的机会，请求做个陪嫁的小臣。有莘王本来也并不怎么看重这个生在空桑里其貌不扬的青年，便答应了他的请求，把他作为陪嫁的臣子送了过去。

伊尹随着有莘王的女儿到了成汤那里，他那烹调的手艺在办喜事的时候还真露了几手，受到了汤王的夸奖。婚礼过后，成汤命人在神庙里举行仪式，被除伊尹身上的不祥，第二天便在朝堂上正式接见了他。

成汤一看，伊尹是个黑墩墩的小伙子，长着一张上宽下窄的脸，眼上无眉，嘴巴无须。他心中有点犯嘀咕：这个形貌丑陋的人真有学问吗？于是，两个人交谈起来，从烹调之

事一直谈到治国用兵之道，伊尹可谓口若悬河，显得既聪明
又有才干。

成汤觉得这个青年的确不平凡，可是也没有怎么重用他，
可能还是讨厌他生于空桑，以为他是个不祥之物吧。日子久
了，伊尹感到受了委屈，便一气之下跑到夏桀那里去了。

夏桀是个只顾吃喝玩乐的昏君，当然更不能重用伊尹，
只任命他做了一个小小的御膳官，不过用用他的烹调手艺而
已。呆了一段时间，伊尹见夏桀荒淫残暴不可救药，人民怨
声载道，夏王朝一天天衰落下去，而东方的殷国正在一天天
兴旺起来，他心中向往贤明的成汤王，便又毅然离开夏桀，
回到汤王那里去了。

传说，伊尹后来辅佐汤王攻灭了夏桀，做了殷朝的重臣。

契的诞生

殷民族的始祖名叫"契"。关于他的诞生，也有一段不
平凡的神话。

传说，有娀氏有两个漂亮的女儿，姐姐叫简狄，妹妹叫建疵，她们一起住在九层高的瑶台上。每当进餐的时候，两人一定要击鼓作乐。

一天，天帝打发一只燕子去看望她俩，燕子在瑶台之上呢呢喃喃地叫着，上下飞舞。姐妹俩非常喜欢这只燕子，便争着去捕捉，费了一番力气那可爱的燕子终于被她们用玉筐给罩住了。过了一会儿，她们打开玉筐一看，里面遗下了两枚小小的燕蛋，燕子却朝北方飞去了。

姐妹俩有些失望，就作了一首歌，唱道："燕子飞去了！燕子飞去了！"据说，这就是北方最初的乐歌。小燕子遗下的两枚蛋是那样晶莹可爱，大姐简狄把它放在手中玩赏着。不知怎的，两枚燕蛋一下子进入简狄的口中，骨碌碌滚进她的肚子里去了。

简狄只觉得腹内似乎有什么微微触动了一下，不久她就怀孕了。她的肚子一天天大起来，最后生下一个男孩儿，他就是契。

也有的书上说，尧的时代，简狄和她的妹妹在"玄丘之水"中洗澡，看见一只燕子口里衔着一枚蛋从空中飞过来，那蛋慢慢落下来，蛋壳上带着五彩的花纹，非常美丽。简狄和妹妹跑过去争着拾这枚燕蛋，简狄先拾到了，把它含在嘴里，一不留神，把那蛋骨碌碌吞到肚里去了。于是，她怀了孕，生下了契。

契长大后帮助大禹治水有功，帝舜便让他做了司徒的官，封在商，他就成了商的始祖。

汤王祈雨

成汤攻灭了夏桀，登上了天子的宝座。然而不久之后，国内就发生了长年的大旱，江河干涸了，大地裂开了一道道缝隙，地里的庄稼、草木都枯死了，人民叫苦连天。百姓多次求雨，竟不见一丝雨星。

巫师卜了一课，说："天帝有旨，必须拿活人做献祭，才有下雨的希望。"

汤王说："求雨本是为了人民，如果一定要拿人做牺牲，就让我来做吧！"汤王下定了决心牺牲自己，拯救人民。

到了正式祈雨的那天，汤王早就斋戒沐浴，穿上了一身麻布衣裳。他披散着头发，身上捆了一束容易引火的白茅，坐着白色的车子，由白马拉着朝殷民族的神社桑林走去。百姓们有的举着旗幡，有的抬着足鼎，他们吹吹打打，跟在汤王的车马后面，缓缓地向前移动着。

一路上，巫师们口中念着祈雨的咒语："旱魃到北方！先掘好水道，再疏通小水沟和小水池！"当汤王的车马到达桑林时，那里已经人山人海。人们一个个都是一副焦黑憔悴的面孔，他们怀着庄严沉重的心情注视着汤王，想看看他们爱戴的国君怎样牺牲自己，为人民祈雨。

神坛前的祭盆里燃起了熊熊的火光，附近早已备好了一堆干柴，几个巫师正在做着法事。汤王被扶下车，默默地走向神坛，跪在坛下，然后慢慢仰起头来，向苍天祈祷说："如果我一个人有罪，请不要连累万民；如果万民有罪，请都责罚我一个人吧！不要因为我一个人的过失而使百姓受苦了！"

祈祷完毕，祭师用剪刀剪去汤王的头发和指甲，把他的身子收拾干净，然后扶着他一步一步登上了高高的柴堆。汤王低着头跪在柴堆上，只等时辰一到，就由巫师们点起火来。天空仍旧赤日当头，没有一丝云彩。周围的空气仿佛凝固了。

人们屏住呼吸，暗暗为自己爱戴的国王担心，人群里不时地发出低低的哭泣声。严酷而可怕的时刻终于来到了，当凄厉的号角声吹起时，巫师们将火把纷纷投向柴堆，顿时熊熊的火光冲天而起。顷刻间，汤王的身影便被浓烟烈火包围了。

就在这千钧一发的关头，不知是出于偶然，还是汤王真的感动了天帝，突然间狂风怒吼，把神坛前的火堆吹灭了，接着倾盆大雨从天而降。人们看见这情景，一下子沸腾起来，他们欢呼着，跳跃着，仰起头来让雨水淋个痛快。跪在柴堆上的汤王也长长地吁了一口气，他郁结的愁眉终于展开了。这时，几个人上去把汤王搀扶下来送上马车。人们围着汤王的车子，一路唱着赞歌，浩浩荡荡地返回了都城。

武丁求贤

殷王朝自成汤之后，传到第十代，出了个贤王，名叫武丁，史称殷高宗。传说，他做公子的时候就关心国家的兴衰和人民的疾苦，决心励精图治，使日渐衰落的殷王朝重新振作起来。

可是，有一件事情困扰着他：他想得到一位贤人来辅佐自己，但一直没有找到。为此，他心情忧郁，沉默寡言。父亲去世后，他登上了王位，守孝三年，竟连一句话也不说，几乎成了哑巴。实在不得不说的时候，他也只是写几个字。人们都传说他患了哑巴症，他也听之任之。

一天夜里，武丁做了个梦，梦见一个囚徒模样的人穿着一身粗布衫，胳膊上套着绳索，正弯着腰，低着头，在那里吃力地修筑堤坝。他个子不高，有点驼背，长着一双充满智慧的眼睛和一副从容坦荡的面孔，武丁竟觉得非常熟悉和亲切，仿佛在哪里见过似的。他不由得走上前去，跟这个囚徒模样的人交谈起来。这人所谈的都是国家的兴亡，人民的祸福，句句打动他的心。二人谈得正高兴时，武丁忽被一阵钟声惊醒了。

早朝的时候，文武百官都到齐了，武丁细细看了一遍，没有一个像他夜里梦见的那个人。于是，他靠着自己的回忆把那人的图像刻在木板上，派人拿着到各处去寻访。

几个访贤的使者踏遍了千山万水，一天他们来到北海之滨傅岩，看见有一群囚徒正在掘土筑坝。使者们手持图像一个个对着看，终于发现了一个名叫"说"的囚徒。他穿着一身粗布衣衫，个子不高，有点驼背，胳膊上套着绳索，正在用木杵捣实堤坝上的泥土。使者一看他那坦然的面孔和睿智的眼睛，就知道他正是国君日思夜想的大贤人。使者们如获至宝，赶紧用车子把这个名叫说的囚徒载回去了。

使者们把在傅岩访到的名叫说的囚徒带到国君跟前。武丁一看，高兴地说：“你正是我梦中遇见的贤人！”于是，武丁就跟他交谈起来——这是武丁守孝三年来第一次开口跟别人畅谈。

那人在国君面前也全不似一副囚徒模样，他从容大方，不卑不亢，侃侃而谈，不愧为一个胸怀宽广、知识渊博、富有经邦济世之才的大贤。武丁便立刻任命他做了宰相。因为他是从傅岩访到的，名字叫说，人们便称他“傅说”。

武丁非常尊敬傅说，把他看成自己的老师。他说：“不管是白天黑夜，我都希望你教诲我，以补救我德行方面的不足。我好比是把刀，你就是那磨刀石；我要渡过大河，你就做我的船和桨；若是老天大旱，你就来做甘霖。打开你的心扉，来滋润我这干涸的心田吧！比如，重病的患者，要是不用大剂量的药物吃得他头昏眼花，他的病便不会好；又比如，光着脚板走路的人，如果不注视着地面，他的脚一定会被扎伤。你明白我的心思了吧？”

傅说听了，恭恭敬敬地回答说：“大王说得太好了。我听说那木材有点弯曲，木匠师傅拿着墨线一弹，它就正直了。君王如果出了差错，只要听从臣下的谏诤，自然就英明了。为君的英明无私，臣下即使没有得到明确的命令，也能体会国君的心思去做事，更何况有明确的指示，谁敢不遵从圣明的君命呢？”

由于君臣互相理解，互相信任，在傅说做宰相的时候，国家被治理得很好，武丁实现了复兴殷王朝的宿愿。

传说，这位来自奴隶阶层的宰相死后灵魂升上了天空，化作了一颗星星，镶嵌在东方的天宇上，就在箕星和尾星之间，人们称它为"傅说星"。据说，在北海傅岩的地方还有一个他曾经住过的岩洞，后世称之为"圣人窟"。

独夫殷纣

夏朝末代出了个昏君桀，殷朝末代出了个暴君纣，历史上并称"桀纣"。

殷纣与夏桀有不少相似之处。从外表上看，纣也是一个"非凡"的人物，他个头高大魁梧，仪表堂堂，而且勇武无比。他能徒手跟凶猛的野兽搏斗，能拖住几只牛拉的车子朝后跑，能一个人把大梁举过屋顶。不仅如此，他还聪明过人，学识渊博，能言善辩，说起话来口若悬河，什么也难不倒他。

可是，这些长处在纣的身上不但没有成为治国兴邦的良好条件，反倒成了他凶狠残暴的资本。他渊博的知识，成了他拒绝臣子们谏诤的挡箭牌；他雄辩的口才，成了他文过饰非的遮羞布。他骄傲自大，目空一切，自称"天子"，认为天下的臣民百姓都是自己的奴隶，不把任何人放在眼里。

纣为了满足自己的穷奢极欲，残酷地搜刮人民，不惜花费无数的财物，调遣上万的奴隶，用了七年的时间在京城朝歌造了一座宫殿，名叫鹿台。这座鹿台周围三里，高达千尺，五步一楼，十步一阁。登上高台，纵目远眺，不但京城尽收眼底，云雨仿佛就在脚下。

后来，纣又建造了倾宫、琼室、瑶台，且全部用美玉装饰。他也效仿夏桀的做法，在园中挖了个大池子，里面装满了酒，又在树枝上挂满了烤熟的肉，使游园的王公贵族们可以随时趴在池边饮酒，伸长脖子吃肉。

纣不仅是一位荒淫无度的昏君，还是一个杀人不眨眼的魔鬼，他高兴或不高兴时都可能杀人。传说，有一次纣的厨师烹调熊掌，可能是火候不十分到家，也可能是不太合乎纣的口味，纣就一怒之下就把厨子杀了。

纣有个宠妃叫妲己，据说是狐狸精变的，纣对她十分宠爱，百依百顺。一天早晨，纣正跟妲己在鹿台上闲眺，只见京城外面，淇水岸边，有个老汉正卷着裤脚，赤着双足，要涉过河去，可是他在河边徘徊犹豫，不敢下水；这时，正好有个少壮的汉子来到河边，他挽起裤脚毫不迟疑地就涉过去了。

纣觉得很有趣，就问左右的侍臣这是什么缘故。一个侍臣上前说："老人骨髓不实，早晨怕冷，故不敢下水。"纣忽然起了好奇心，就命刽子手把老人捉来，不由分说地砍下老人的双脚，看看他的骨髓究竟实不实。

朝廷里正直的贤臣对纣的残暴无道非常愤怒，纷纷向他冒死谏诤，希望他能改恶向善。可是，纣不但不接受臣子的规劝，还残酷地将他们杀死。

纣听说九侯有个女儿长得很漂亮，就命人把她夺来做自己的嫔妃。可是，这个烈性的姑娘不肯任人摆布，纣一怒之下就把她杀了，还连累了她的父亲九侯。

当纣要杀九侯父女的时候，九侯的同僚鄂侯，一个直言敢谏的人，立刻出面向纣据理力争，要求他赦免无罪的九侯父女。这一来，他们更加惹怒了暴君，纣不仅杀死了九侯父女，还把勇敢正直的鄂侯也杀死了。

纣的叔父比干在朝廷做少师，是一个忠诚正直的人。他对纣的凶残行为实在看不下去了，就常常拿些好话来规劝他。纣不但不听，反而恼羞成怒，他对比干说："人们都说，圣人的心有七个孔窍。叔父是圣人，让我看看你的心是否真有七个孔窍！"说完，他就命刽子手把比干推出去斩首，并挖出了他的心肝。

纣怕别人说他的坏话，就设计了一种叫作"炮烙"的酷刑，用来对付敢于反对他或者敢于直言谏诤的人。这种"炮烙"，就是把一根铜柱子涂上油脂放在炭火上烧烤，把"罪犯"光着脚板绑在铜柱上烧死。纣和他的宠妃妲己每当看到这情景，都开心地大笑起来。

后稷的诞生

后稷是周民族的祖先，名叫弃。他的母亲姜嫄是有邰氏部落里一个非常漂亮的姑娘，后来做了帝喾的元妃。

在一个春光明媚的日子里，姜嫄跟着几个同伴到郊外去踏青。路上，她发现了一个巨人的脚印，觉得又奇怪又好玩，便试着用自己的脚在上面踩了一下，像是比量比量大小的差距。不料，她刚把脚放在巨人的脚印上，就觉得体内有感而动，全身热乎乎的，仿佛怀了孕的光景。不久，她的肚子果然一天天大起来了。到了分娩时，她生下一个怪胎，是个圆滚滚的肉蛋。

姜嫄又怕又羞，觉得不祥，就悄悄把肉蛋抛弃在一条狭窄的巷子里。说来也怪，那些牛呀马呀羊呀，经过小巷子都小心翼翼地绕开肉蛋走，生怕踩着它。姜嫄就又把它弄到山里去，想丢得远一点，碰巧山上有一群人正在伐木，她就没有丢成。

最后，她只好把肉蛋抛弃在一条结了冰的水渠上。这时，奇怪的事情发生了：只见从天上飞来一只大鸟，它用一只翅膀盖在肉蛋上面，另一只翅膀垫在肉蛋下面，像是母亲拥抱着自己的孩子。还有一群小鸟在上面飞来飞去，像是护卫着大鸟。

姜嫄觉得奇怪，禁不住走过去想看个究竟。大鸟见有人来，张开翅膀飞走了。这时，姜嫄忽然听到婴儿的哭声，跑上去一看，那肉蛋已经裂开，里面有个胖乎乎的红皮嫩肉的小男孩，他正挥动着小手呱呱啼叫呢！

姜嫄见自己生的不是怪胎，而是个活泼可爱的儿子，真是悲喜交集，忍不住流下了眼泪。她忙用自己的衣衫把孩子包裹起来，抱回家去养大成人。因为当初几次想抛弃这孩子，所以她就给孩子取个名字叫"弃"。

弃还是小孩的时候就毅然树立了大人物的志向。他跟小伙伴们做游戏时，总喜欢种些麻呀、豆呀，他种的麻、豆长得又肥美又茂盛。长大成人以后，他更喜欢耕田种地了。

他常常到地里去研究土质，适合种麻豆的就种麻豆，适合种五谷的就种五谷。他在春天播种，秋天收获，年年都获得丰收。人们见他会种庄稼都纷纷来效仿他，也都获得了丰收。

天子尧听说了这件事，就命他做了农艺师，让普天下的人都向他学习。后来，舜帝继承尧帝做了国君，人口渐渐多起来。有时闹灾荒，粮食不够吃，舜帝就对他说："弃啊，老百姓快要挨饿了，你这做后稷的该去播种百谷了吧！"弃果然更辛勤地劳作，教诲人民耕田种地，适时播种百谷，进一步促进了农业的发展。因为弃的工作取得了优异的成绩，舜便把他封在母亲的故乡邰这个地方，号称后稷。

周文王姬昌

文王囚羑里

周文王姓姬，名昌，纣时被封为西伯，所以也称为西伯昌。他广行仁政，讲究信义，以德化民，深得人民的爱戴，连四方的诸侯小国也拥护他。

那时，有个叫崇侯虎的人和文王一样，也是个诸侯，可是德行远不及文王。他心里嫉妒，就在纣的面前说文王的坏话："您知道吗？西伯昌可是个了不起的人啊！他的儿子发（武王）和旦（周公）也都是了不起的人，三个人合谋对付您，可是个很大的威胁，您要当心点。"

纣觉得他说得对，就把文王捉来，关在羑里的狱中。文王的四个臣子，太颠、闳夭、散宜生、南宫适一起去看文王，人是看见了，可是有狱卒在旁边监视，他们彼此说话都很困难。聪明的文王就向四个臣子做暗示：他先朝他们眨右眼，意思说纣好色，要选些美女献给他；又拿起了一张弓敲敲自己的肚子，意思说纣贪财，要多寻些珍宝献给他；然后又用双脚在地下急急踏了几下，意思是要快，要快！迟了就没命了。

这些暗示四个臣子都心领神会了。于是，他们赶紧回去，带上钱财周游海内，到各处去寻找美女和宝物。他们从有莘国选到了两个绝色的美人；从犬戎国得到了文马，这种马身上带着花纹，长着火红的鬃毛，目如黄金，颈如鸡尾，骑上它可以活到一千岁；从林氏国得到了一匹罕见的野兽，它的形状像老虎，身上也带着花纹，尾巴有身子的三倍长，名叫驺吾，骑上它可以日行千里；此外，还从各地寻到了许多珍珠、美玉、贝壳及珍贵的兽皮等，都一齐拿去献给纣，陈列在宫殿里。

纣是个既好色又贪财的人，他看见两个娇艳无比的美女和形形色色的宝物，早就对文王消了气，立即命人把他从羑里释放出来，并对散宜生暗示说："说西伯坏话的，不是别人，就是那个长鼻子、小耳朵的家伙啊！"文王知道是崇侯虎进了谗言，回国后立即发兵灭了崇国，杀死了崇侯虎。

太公遇文王

西伯文王从羑里的监狱回到周都丰邑之后，决心发奋图强，整军练武，一旦时机成熟，就向昏君纣王兴师问罪，实现自己的伟大抱负。文王心里明白，要成就大业，必须有杰出的人才来辅佐自己。他的臣僚虽然有像南宫适和散宜生这样忠诚能干的贤人，可是终究缺少一位文武兼备、能够安邦治国的大贤。

为了得到这样一位大贤，他日思夜想，寝食不安。一天夜晚，文王做了一个梦，梦见天帝身穿黑袍，带着一位白发老人站在一个渡口旁。他叫着文王的名字说："姬昌，我赐给你一个大贤做你的老师，他的名字叫望。"文王听了赶紧上前行礼，那老者也躬身答礼。

天明以后，文王决定借着外出打猎的名义去寻访这位天赐的大贤。临行前，他叫太史替他卜一卦，太史顺口唱道——

> 猎于渭阳（到渭水北边去打猎），
>
> 将大得焉（将会有很大的收获），
>
> 非龙非螭（不是龙也不是螭），
>
> 非虎非罴（不是老虎也不是熊罴），
>
> 兆得公侯（有兆头说能得个公侯），
>
> 天遗汝师（是上天赐给你的老师）。

文王满心欢喜，带着人马和鹰犬一直来到渭水之滨的磻溪。在一湾清潭碧水之畔，他看见一位老者，身着青衣，头戴斗笠，正端坐在一捆茅草上，专心垂钓。

文王仔细看了看，见这位老者跟梦中的白发老人一模一样，便赶紧跳下车来，恭恭敬敬地走上前去，向老人行礼致意。老人也不惊慌，从容地接待了文王，二人便坐在溪边的树荫下交谈起来。谈了不大一会儿，连桑树的阴影也没有移动，文王就心中大喜，知道他正是自己寻找的可以经邦济世的大贤。

于是，文王虔诚地向老者说："老先生，太公（先父）在世时曾对我说过：'不久，准会有大圣人到我们周族来，我们民族将因此而兴旺。'您就是我们盼望的圣人啊！"

说罢，文王请老人上车，回到京城，并拜老人为师，称他"太公望"，意思是先父太公所渴望的贤人。

姜太公钓鱼

姜太公名尚，据说他满腹学问，但是很不得志。他曾在殷都朝歌屠牛卖肉，肉都臭了也卖不出去；还在孟津开过饭铺，结果也赔了本。他回到家中，老婆骂他是"废物"，把他逐出门外。这时，他已年过半百，自觉精力不如从前，就自己搬到渭水之滨，搭起个茅屋，天天在渭水上钓鱼，过着寂寞的日子。

当然，他的内心深处还是不甘心的，总希望有一日，一位慧眼的明君从天而降，发现他这个大贤，让他那满腹的经纶抱负能够得到施展。

姜太公开始钓鱼时，一连三天三夜都没有一条大鱼咬钩，他气得把衣服和帽子都脱了摔在地下，不想再钓了。后来，有一位老农夫告诉他：渔线要选那细细的，钓饵要用那香喷喷的，轻轻投放钓钩，不要把鱼儿吓跑了。

太公照农夫的话去做，果然钓到了一条鲋鱼，然后又钓到一条鲤鱼，他剖开鱼肚子一看，里边藏着一条白布，上面写着"吕望封于齐"几个红字。

还传说，他钓鱼不用饵，一连钓了56年也没钓上来一条，最后他钓到一条大鲤鱼，鱼肚子里藏着一块兵符。还有的说，他钓鱼用直钩，不用曲钩，俗话说："姜太公钓鱼，愿者上钩。"

《封神演义》里说，太公这样做是"宁在直中取，不向曲中求；不为锦鳞设，只钓王与侯"。这说明姜太公钓鱼是醉翁之意不在酒，不过故意摆摆样子，以引起王侯的注意罢了。

武王伐纣

周武王将要兴兵伐纣，就请太史占卜一课。龟兆和卦象都不吉利，太史断定"大凶"，不宜出兵。

姜太公突然站起来，愤愤地将蓍草和龟甲从神案上一把扫到地下，并用脚踏那龟壳，厉声说："枯骨死草知道什么吉凶！赶快出兵，休得叫这鬼东西碍了我们的大事！"于是，武王出兵，军队士气高涨。

武王率领人马乘船渡河，兵车刚刚用船运过去，姜太公便命人把船全部毁掉。他说："这次出兵伐纣，是太子去为父亲报仇，大家只能和敌人拼死，不可存侥幸生还的心思！"他们所过的渡口和桥梁，太公也都叫人全部烧毁。

一次，武王率军渡孟津，忽然大波之神阳侯掀起了一个个巨浪和一阵阵狂风，霎时天昏地暗。军士们都很惊慌，武王却镇静地坐在船头，左手握着一把金黄色的板斧，右手擎着白牦牛尾巴做的指挥旗，大声喝道："我既然承担了天下的重任，就没有人能破坏我的意志！"

武王的话音刚落，风也停了，波也息了，军队安然渡过了孟津。武王的人马来到邢丘这个地方，忽然天降大雨，一连三天三夜不停，并且士兵用的盾牌被无故折成三段。意志坚定的武王心中也有点害怕，便召来太公问道："这是否是上天的旨意，说纣还不可以伐吧？"

太公答道："不是。盾折为三段，是说我们的军队应当兵分三路；大雨三天不止，那是在为我们洗兵器，好上阵杀敌啊！"武王听了，心中豁然开朗，于是大军继续前进。

七神助周伐纣

武王率大军向东方前进，不久就占领了洛邑。这时，天上骤然下起了鹅毛大雪，一连下了十几天，原野上一片银白。

一天早晨，不知从哪儿忽然来了五辆马车，每辆车上坐着一个大夫模样的人，后面还跟着两个骑士，他们停在门外，要求谒见武王。武王不想接见他们，太公说："不行！外面雪深一丈有余，路上不见车辙马迹，恐怕这几个人不是凡人，还是见见为好。"

武王一听，觉得有理，打算接见他们，可是他不知道他们是哪方神圣，担任何种神职。倘若言语不周，冒渎了神灵，反倒不好。武王正踌躇时，太公想出了一条妙计。

太公命使者端出一盆热腾腾的米粥来到门外，使者对客人说："大王正在处理要事，一时不能出来见客。天气很冷，让我先送来一盆热粥给诸位驱寒气，可是按照尊卑之礼，不知该从哪位开始。"

这时，两个骑士出来介绍说："先给这位南海君，其次给东海君、西海君、北海君、河伯，最后给我们俩：雨师和风伯。"使者把粥一一分送完毕，就回去报告太公。

太公对武王说："大王可以接见他们了。五辆车子和两匹坐骑原来是四海的海神和河伯、雨师、风伯。南海之神叫祝融，东海之神叫句芒，北海之神叫玄冥，西海之神叫蓐收，河伯叫冯夷，雨师名叫咏，风伯名叫姨，请按这个顺序召见他们吧！"

于是，武王在宫中召见来客。门官依次呼唤神的名字，诸神听了都很惊异，心想武王果然英明，还没见面就连他们的名字都知道了，不由得赶紧下拜。武王还礼后问他们："各位大神远道而来，有何见教？"

众神说："天意兴周灭殷。我等特受派遣，督促风伯雨师，教他们各奉其职，略效微劳。"武王和太公听了非常高兴，把他们安顿在营中，随时听令。

伯夷和叔齐

伯夷和叔齐是殷时孤竹国国君的两个儿子。他们的父亲在位的时候，原想立老三叔齐继承君位，可是父亲去世后，叔齐便让大哥伯夷来做国君。

伯夷说："父亲要你做国君，这是他老人家生前的旨意，不能改啊！"于是，他逃走了。叔齐不肯做国君，也逃走了。国家不可一日无君，臣子们只好立老二做了国君。

兄弟俩在国外流浪了多年，年纪渐渐大了，可还没有找到归宿。他们听说周文王优待老年人，就去投奔文王。哪知，他们刚刚到周国，文王就死了。武王不等安葬父亲，便用车子载着文王的神主牌位，以文王为号召，兴兵伐纣。这两位互相谦让君位的贤人君子对武王的举动很不赞成，便在路上扯住武王的马缰绳向他进谏，指责武王父死不葬，却大动干戈，是为不孝；身为纣的臣子，却去伐纣，是为不仁。

武王身边的卫士一听这两个老书呆子的话，都很恼火，想操起兵器剁了他们。姜太公忙阻止说："不要动手！这两个老先生也算是明白大义的人，放他们走吧！"便命人搀扶着他们走开了。

伯夷、叔齐见武王不听他们的意见，一气之下跑到首阳山隐居起来。后来，他们听说武王灭了纣，觉得吃周国的粮食可耻，便每天采些薇菜来充饥。

有个士大夫名叫摩子，一天他偶然进山游玩，看见伯夷、叔齐正在采薇，就故意责难他们说："二位老先生耻于食周的粮食，这真令我钦佩；可是，你们却隐居在周的山上，吃周的野菜，这又叫人如何理解呢？"

两个人听了无话可答，只得连薇菜也不吃了，等着饿死。他们饿到第七天，正奄奄一息的时候，天帝动了怜悯之心，就派遣一只白色的神鹿去给他们喂奶。两个垂死的老人吃了鹿奶，身体渐渐恢复过来。

一天，他们又跪在地下津津有味地吮吸鹿奶时，心中忽然萌生了一个坏念头：这鹿多肥壮，若是杀了吃肉，味道一定鲜美……"两人刚这么想时，神鹿就知道了他们的心思。

从此，神鹿不再来喂奶，两个老头便饿死了。

东王公

那位雍容华贵的女神西王母也有自己的配偶，他的名字叫东王公，也叫木公。

东王公住在东荒山中的一座大石屋里，与西王母住的昆仑山相隔几万里。他身高一丈，满头白发，虽是人的身躯，却长着一张鸟脸和一条老虎尾巴，身上时常驮着一只黑熊。不要看这老神仙外形丑陋，他却很喜欢一种高雅的游戏——投壶。就是在宴会中设一种特制的壶，宾主往壶内投矢（箭），投中多者为胜。

东王公常跟一位美丽的玉女玩这种游戏，他们每次要投一千二百支箭。那么，东王公和西王母是何时在一起的呢？说来也很浪漫，原来他们跟牛郎、织女一样，也是一年相逢一次，相逢的地点是那有名的昆仑山。

传说，昆仑山顶有根大铜柱，它高入云霄，即所谓的"天柱"，柱子周围也有三千里长，而且光溜溜的，仿佛用刀削过。天柱的下面有一座回环曲折的宫室，方圆百丈，由九府仙人管理着。屋子顶上有一只名叫希有的大鸟，它头朝南，张开两翼，护卫着两个人：左翼下面是东王公，右翼下面是西王母，两个神人就在大鸟的翼下诉说着离愁别绪。

那鸟真大得难以想象，据说鸟背上一块没有羽毛的地方竟有一万九千里。至于两位神仙说了些什么谁也不知道，只好由人们去猜想了。

勇士高奔戎

高奔戎是周穆王身边的勇士。一次，穆王西游，中途迷了路，走进了一片浩瀚的沙漠里。起初，他还可以看见绿洲，找到水源，可是越走越深，周围都是漫漫黄沙，水源便枯竭了。

周穆王口渴难忍，躺在车子上一动不动，几乎奄奄一息。几个侍从骑着马分头出去找水，可是他们找了半天，一滴水也没有找到。这时，高奔戎急中生智，忙从腰间抽出匕首，猛地向车辕左边那匹马的颈项刺了一刀，青绿色的血浆流了出来。高奔戎用牛角杯盛了血献给穆王。穆王喝了，觉得又清甜又解渴，顿时有了精神，他夸奖高奔戎聪明果断，并赠给他一块玉佩。

又有一次，穆王带着随从到荥阳一带去打猎。忽然，芦苇中蹿出一只斑斓大虎，人们惊慌中纷纷拿起弓箭，要把老虎射死。这时，高奔戎忙走到穆王车前，施礼道："请允许小臣不用刀械，空手将老虎擒来，献给大王。"穆王正想看看高奔戎的本领，就答应了他的请求。

高奔戎握紧双拳，一声呐喊，纵身向老虎跃去。那老虎见有人上来，也大吼一声，猛扑过来。高奔戎急忙闪身一躲，接着风驰电掣般一跃而起，猛地骑到老虎背上。他双手紧紧抓住老虎的耳朵，两腿死死夹住老虎的肚皮，任凭老虎怎样东蹿西跳也甩不掉。老虎折腾了一阵子，渐渐累得精疲力竭，只好乖乖就擒。

穆王见高奔戎有如此神力，对他大加称赞，特赐给他骏马四十匹，可以驾十辆车子。穆王命人将老虎装进笼子里，送到东虢畜养起来。这地方后来便被称为"虎牢"。

徐偃王仁义失国

西周王朝刚刚建立的时候，在今天安徽省泗县以北的地方有个嬴姓的诸侯小国，名叫徐国，那里方圆不过五百里。

有一年，徐国的宫中发生了一件奇异的事情：有个漂亮的宫女不知怎么忽然怀了身孕，十个月后生下一个肉蛋，宫女认为不吉利，就派人把它偷偷扔到河边去了。

在河边不远的地方住着个孤寡老太太，她养了一只狗，名叫鹄苍，这天它到水边寻找食物，看见这个肉蛋，就把它衔了回来。孤老太太觉得这肉蛋很不平凡，就把它揣到自己的怀里，像孵小鸡似的供给它体温。说来也怪，不久肉蛋裂开了，竟从里面生出个细皮嫩肉的胖娃娃。因为出生时正仰卧着，孤老太太就给他取名叫"偃"。

小偃儿在孤老太太的精心照料下长得很健壮。可是，这件奇事不久被徐国的国君知道了，他就命人把孩子抱回宫中抚养起来，做自己的儿子。偃儿长大之后性情仁义，足智多谋，最终继承父位做了徐国的国君。他还把救他的孤老太太和她的大青狗接到宫中养起来，那狗一天到晚不离开他的身边。

一天，狗生病要死了，偃王去看它。只见狗的头上突然长出了一只角，尾巴也变成了九条，身子由青变黄——原来，它是一条大黄龙！偃王就为它特制了一口棺材，命人在风景秀丽的地方修了一座大坟，称为"狗垄"。

偃继位后广施仁义，美名传遍天下。他想跟西方的各大国互通往来，就率众在陈国和蔡国之间挖掘水道。施工时，人们从地下深处挖出了一支红弓和一束赤箭，偃认为这是天帝赐给自己的祥瑞之物，就把自己幼年时"偃"这个名字拿来做了王号，自称徐偃王。他的威信很高，江淮一带的诸侯都听从他的号令，一时服从的有三十六个小国。

这时，正在西方游乐忘返的周穆王听到了这个消息，认为徐偃王是个很大的威胁，就赶紧派个使臣乘坐四匹马驾的车子，在一天之内赶到楚国，命楚国出兵攻打徐国。

徐偃王心地善良，怕伤害百姓，不愿打仗，因而被楚国轻易打败了。他逃到彭城武原县的东山脚下，跟他逃难的老百姓数以万计。

后来，人们便把这座山改名为徐山。山上还有一座用石头修的庙，里面供奉着徐偃王的神像，百姓们常去祈祷，据说还挺灵验呢！

烽火戏诸侯

　　周幽王有个宠妃，名叫褒姒。周幽王对褒姒十分宠爱，总是百依百顺，让她享受着人间的各种富贵荣华：什么琼楼玉宇呀、珠环翠绕呀，什么龙肝凤胆呀、水陆珍馐呀，应有尽有。

　　可是，说来也怪，这位女奴出身的褒姒娘娘自打入宫以后，脸上从未见过笑影。幽王为了使她破颜一笑，想了很多办法：看花呀，赏月呀，观舞呀，游戏呀，叫倡优侏儒们做些杂耍呀……结果美人脸上的神情仍旧是淡淡的，没有一丝微笑，倒是有些忧郁。可是，美人越不笑，幽王就越想叫她笑，想来想去，终于演出了一场拿国事当儿戏的闹剧。

　　古时候为了传递军情，就以国都为中心，按照一定的距离向四面的边境设置烽火台。烽火台设在高岗上，一有情况，就白天点起狼烟，晚上燃起烽火。如果是边境危急，烽火就一台接一台把消息传递到京城；如果京城出现了危急，烽火就一台接一台把消息传到远方。

　　这本来是一个关系到军事行动的大事，可是幽王为了博得美人一笑，竟命人在京城点燃了烽火。各诸侯国看见京城传来烽火，以为天子身边发生了大事，赶紧调集兵马，昼夜兼程，前往救驾。可是，他们到京城一看，一切如故，什么事情也没有发生，这只不过是天子跟大家开的一个玩笑！

　　诸侯的军队风尘仆仆地冲进来，又带着沮丧的情绪冲出去。王宫门前的广场上，车马杂沓，旌旗散乱，人们像蚂蚁似的聚在一起，又闹哄哄地四面散去，那情景实在令人觉得滑稽。这时，陪同褒姒站在城楼上的周幽王忍不住哈哈大笑，褒姒也终于被逗得破颜一笑。幽王一见美人笑得这样妩媚可爱，心里非常高兴。后来，每逢他想引逗褒姒一笑，便叫人点燃烽火，召来诸侯的兵马。

　　可是，受骗的诸侯一次比一次少了。幽王在位的时候，只图自己寻欢作乐，把国家搞得一团糟。那时候有一些奇怪的传说在人们中间悄悄流传着：说幽王二年，泾水、渭水、洛水三条河都干了，连周民族的发祥地岐山也崩塌了；还说好端端的牛忽然变成了老虎，一群羊忽然变成了一群狼。据说，这都是亡国的征兆，弄得人心惶惶，不可终日。

　　周幽王原来的王后申后是申侯的女儿，她生了一个儿子，名叫宜臼。宜臼已经长大成人，并且早已名正言顺地被立为太子。可是，当褒姒生了儿子伯服以后，幽王不仅废掉

了申后，还想杀死太子宜臼，立伯服做太子。

据说，有一次幽王和太子宜臼在园中赏花，他竟故意叫人把老虎从笼子里放出来，想让老虎吃掉太子。多亏太子有几分胆量，他瞪着眼睛大吼一声，那张牙舞爪的老虎便俯首帖耳卧在地下，不敢动弹，幽王的阴谋总算没有得逞。

申后的哥哥是个很有势力的诸侯。他见幽王废掉自己的妹妹，又要杀死自己的外甥宜臼，非常恼怒，就准备找个机会进行报复。正巧在这时，幽王任命了一个叫虢石父的坏蛋做宰相，全国的人民都愤愤不平。申后三兄就乘机联合了西夷、犬戎等几个民族，起兵讨伐幽王。

幽王急忙命人点起烽火，号召各路诸侯火速前来。可是，自从幽王为了博得褒姒一笑，开过几次大玩笑以后，再也没有哪个诸侯相信他这一套了。结果，救兵一个也没有来，幽王只好带着褒姒向东逃跑，一直跑到骊山脚下。幽王被乱兵杀死，褒姒被犬戎掳去。

于是，申后三兄就在西夷、犬戎等族的同意下，拥戴他的外甥宜臼做了国君，这就是周平王。平王为了避开西方日益强大的犬戎族的侵扰，就把国都从镐京迁到东方的洛邑。历史上称平王东迁以后的周王朝为东周。

望帝化鸟

唐代大诗人李白在《蜀道难》中写道："蚕丛及鱼凫，开国何茫然。"这里提到的蚕丛和鱼凫，原是古代蜀国两个国王的名字。

据说，远古时代的蜀国，第一个称王的是蚕丛，他曾经教人民养蚕，"蜀"字在甲骨文中画的就是一条蚕。蚕丛以后的一个王叫柏灌，柏灌以后的一个王是鱼凫。这三代国王都活了几百岁，神化不死。

鱼凫晚年外出打猎，忽然得道成仙，飞上了天空。传说，鱼凫成仙之后，不知过了多少年，忽然有个男子，名叫杜宇，从天上降落下来，落在朱提。这时，恰巧有个名叫利的姑娘也从江源的井水里涌现出来。这两个天降并出的奇人便结成了夫妻。

杜宇自己当了蜀王，号称望帝，他把郫这个地方作为国都。望帝做国君的时候对老百姓非常关心，时常教导人民不误农时，种好庄稼、养好蚕。可是，那时蜀国常闹水灾，望帝虽然惦念人民，却一时也想不出个好办法来根治洪水。

一年夏天，忽然有人向望帝报告说：从江的下游漂来一具尸首，人们都在江岸上观看。望帝也感到很奇怪，尸首怎么会逆流往上漂呢？他亲自带领几个人来到江边，叫人把尸首打捞上来。不一会儿，那尸首竟睁开眼睛复活了，他自称是楚国人，名叫鳖灵，在家乡不慎落入江中，一直漂浮到了这里。

杜宇跟他一见面就谈得很投机，他觉得这个人精明干练，懂得水性，是个有用的人才，就叫他做了宰相，负责治水。不久，一场洪水暴发了，原因是玉垒山挡住了江水的去路，许多田园和村庄被淹没了，无数人畜葬身鱼腹。望帝就派宰相鳖灵去治理洪水，鳖灵果真深孚众望，带领人民把玉垒山凿开一条通路，使洪水顺畅地流入岷江。

解除了水灾，老百姓又过上了好日子。由于鳖灵治水有功，望帝就把自己的王位让给了他。鳖灵即位后，号称开明帝，又叫丛帝。望帝自己则搬到西山去过隐居的生活，连妻子也没有带上。

鳖灵做了国君以后，一天天骄奢起来。他不仅造宫室、选美女，连望帝的妻子也被他霸占了。望帝知道这件事后非常伤心，他却无可奈何，只好终日长吁短叹，悲愤啼泣。后来，望帝临终时托付西山的杜鹃说："杜鹃啊，你叫吧，你把杜宇怨愤的心情叫给人民听吧！"此后，杜鹃就在蜀国的境内飞来飞去，日夜悲啼，直到叫得口中流血。

也有的说，杜宇死后魂灵化作了杜鹃。人民一听到杜鹃的叫声，便会想起自己的国君，心中感到无限悲哀。所以，古人词中有"杜宇声声不忍闻"的句子。望帝化鸟的传说便成了文人墨客常常引用的典故。

吴钩

吴王阖闾在世的时候制作了一种很有名的兵器，叫作金钩，也就是一种弯形的宝刀。因为这种弯刀是春秋时吴国制造的，所以后世称它为"吴钩"。

相传，吴王阖闾特别喜爱各种锋利的兵器，他得到了干将铸造的宝剑之后还不满足，又在全国境内悬赏打造金钩，他下令说："谁能造出最好的金钩，赏黄金百两。"

于是，吴国匠人都争先恐后用最好的铁精心打造金钩。其中有一个匠人，为贪图吴王的重赏，竟干出了伤天害理的事情。他把自己的两个亲生儿子杀了，用他们的血来衅钩，也就是将人血涂在造好的金钩上，也叫血祭。据说，这样做，金钩便有了灵气。

匠人带上用人血衅过的两把金钩去献给吴王。别人献了金钩都各自回家了，唯独他呆在宫门口不走，要求领赏。吴王觉得奇怪，就命人将他带进来，问道："献钩者甚多，为何单独你跑来领赏？莫非你的钩跟别人的不同？"

匠人说："我的钩的确与众不同，我是杀了两个儿子才衅成这两把钩的。"吴王听了并不惊讶，他指着架上的金钩说："你看，这么多金钩形状都差不多，你能辨认出哪两把是你打造的吗？"

匠人看了半天也没有找出来。于是，他喊着两个儿子的名字道："吴鸿！扈稽！你爹在这儿，大王不知道你们有何种神异啊！"喊声刚过，只见两把金钩突然从架上飞起来，直落到匠人的眼前。

吴王这才吃了一惊，赞许道："果然不凡，果然不凡！"于是，他命人拿出百金，重赏了匠人。从此，吴王便把这两把金钩佩带在身上，形影不离。

越王八剑

越王勾践爱剑，他派人到昆吾山用山牛白马去祭山神，请求神允许他开采山上的赤铜。这昆吾山原是座神山，山中有很多赤铜，这铜的颜色像火焰一样光亮。当初黄帝战蚩尤时，曾派人到这里采铜做刀剑，刀剑做成后切玉如同割泥，终于打败了蚩尤。

且说越王勾践得到神的允许，也采了些赤铜，他请铸剑名师欧冶子铸了八柄神异的宝剑。

第一把名叫"揜日"，用它来向太阳一指，太阳光便立刻暗淡下来。这是因为宝剑是赤铜铸的，赤铜属阴，阴盛则阳衰。

第二把名叫"断水"，用它来划水，水分开便不再合流。

第三把名叫"转魂"，用它来指月亮，那月亮就会倒转。

第四把名叫"悬剪"，飞鸟一旦碰上它，翅膀便会被割断，像被快刀斩断一样。

第五把名叫"惊鲵"，带上它去航海，鲸鲵之类的巨鱼就远远躲开，深深潜入水下。

第六把名叫"灭魂"，夜间带着它走路，可以驱避鬼魅。

第七把名叫"却邪"，妖魔鬼怪见了它，远远地就被吓得魂不附体，伏在地下。

第八把名叫"真钢"，用它切金断玉，如削土木。

这八把宝剑如此神异，是由于应八方之气而铸成的。

干将莫邪

传说，干将和莫邪是春秋时一对擅长铸剑的夫妇，丈夫名叫干将，妻子名叫莫邪。

一天，楚王把干将叫去，他拿出一块铁来，命他造两把宝剑。楚王说："这块铁来历不凡，是夏王妃晚上纳凉，身抱铁柱心有所感而怀孕生下来的怪东西。"

干将恭恭敬敬地接过那块怪铁，只见它温润如玉，黑油油地闪着光泽，就说："这是块难得的好铁，可是要铸两口宝剑，似乎太少……"

干将的话还没有说完，楚王就笑着说："我知道不够，可是还有比这更宝贵的东西呢，你瞧！"说着，他从案头的一只玉盒里取出几粒乌黑晶亮、比蚕豆略大些的东西拿给干将看。干将用手掂量了一下，只觉得滑溜溜的、沉甸甸的，不知是什么宝物。

楚王指着这几粒东西讲道："这东西叫铁胆肾，是万金不换的珍宝。"

说起它的来历，还真有些玄妙。据说，产铜的昆吾山上有一种野兽，像兔子般大小，雄的是金黄色，雌的是银白色。它们在地下打洞做穴，拿丹砂石做食物，也吃铜铁。不知什么时候，它们钻到吴国的兵器库中去了，把库内的刀枪铁器给吃了个精光。吴王觉得奇怪，下令搜查库内的洞穴，这才捉住了这对一黄一白的小野兽。他命人剖开它们的肚子，发现了这几粒蚕豆般的铁胆肾，才知道兵器都被它们吃了。

干将回到家中，和妻子莫邪商量如何为楚王铸剑。干将觉得那块怪铁和几粒铁胆肾虽然都是宝物，可是数量还是不够。于是，他不辞劳苦，又到五方的名山上采来了铁的精华，到上下四方采来了金的精英。材料总算够了，他便留心观天时、察地利，等到阴阳交会、百神降临时，他就跟妻子鼓炉炼铁，开始铸剑。

　　夫妻俩昼夜不停，在炉旁劳作了三年，正当炉中的铁汁要流出来时，气温骤然下降，铁汁凝结在炉膛里了！干将焦急万分，不知如何是好。

　　妻子莫邪说："我听说神物的变化是需要用人来做牺牲的，如今铸这宝剑，恐怕也要有人做牺牲才行吧？"

　　干将点点头说："你说得对。当年我师傅欧冶子铸剑的时候，金铁也是总不销熔，直到他们夫妻俩都跳进炉中，宝剑才铸造出来。"

　　"师傅为铸宝剑都能不惜生命，我们有什么为难的呢？"莫邪说着就要往炉里跳。

　　干将一把拉住她说："你已经怀孕，孕妇不利于熔铸，只会白白牺牲两条性命。我听人说，头发和指甲是人的精气和神魂的寄托，可以用它们代替人。"

　　于是，莫邪剪掉了自己的头发和指甲投到炉火中，两人又召来三百个童男童女，让他们拉起用牛皮口袋做的风箱，炉火便熊熊地燃烧起来了。亮晶晶的铁汁终于从炉中汩汩流出，铸成了一雄一雌两口宝剑：雄剑叫干将，雌剑叫莫邪。

　　干将夫妇铸成了宝剑，又是欢喜又是忧愁。欢喜的是，他们经过千辛万苦终于把两口宝剑铸成功了，自己也可以千载留名；忧愁的是，那些爱剑的君王都是些心狠手辣的家伙，他们怕别人得到宝剑，常常以莫须有的罪名把铸剑的工匠杀掉。

干将知道楚王不会轻易放过他，便在离家之前对妻子莫邪说："楚王是个多疑而狠毒的人，我这次前去献剑，他一定会借故杀掉我。所以，我把雄剑藏起来了，只带雌剑。你已经有六个月的身孕了，如果生的是个男孩，等他长大了，就让他带上雄剑去替父报仇。记住口诀'出门去，望南山，松树生在石头上，宝剑就在它背后'就能找到雄剑。"干将说完便离开了伤心落泪的妻子，带着雌剑去见楚王。

楚王接过宝剑一看，果然是一柄上等好剑。他想当场试试，就先牵来一头水牛，那水牛的皮本来是很坚韧的，可是他只用剑轻轻一挥，牛就被拦腰斩断了；楚王拿它去切那些金盘银碗，就像切豆腐一样；拿它去剁石头，一下子就能把石头剁成上百的碎片；拿它去砍柱子，一剑能把合抱的柱子截成三段。

楚王对这口宝剑十分满意。可是，他忽然想起，为什么干将用了三年的时间只铸了一把宝剑？于是，他不高兴地问道："朕原命你铸两口宝剑，为何今日只带来一口？"

干将说："大王赐的宝铁实在太少了，所以只铸了一口。"楚王不信，便叫来善于相剑的湖风子，请他识别。

湖风子说："剑有两口，一雄一雌，雌的带来了，雄的没有带来。"楚王听了气得浑身发抖，便命人以欺君之罪把干将推出去斩首了。

后来，楚王又派兵到干将家中去搜查，却始终没有找到那口雄剑。

乐师师旷

师旷辨音

师旷是春秋时晋国的音乐大师，字子野。他虽然是个盲人，但是十分善于弹琴，辨音的能力甚强。

有一次，晋平公命人铸了一口大钟，铸完后叫乐工们来听听钟的声音怎样。乐工们都说钟的声音很和谐，没有什么毛病。唯独师旷听后摇摇头说："这口钟的声音不和谐，应该重铸。"

晋平公说："乐工们都说声音和谐，只有你说不和谐！"于是，他便对师旷有些不满。

可是，师旷仍然坚持己见："后世倘若有知音者，将会知道钟的声音是不和谐的，那时我才私下为国君感到羞耻呢！"

后来，卫灵公访问晋国，带来了乐官师涓。晋平公请他听听钟的声音，师涓也说不和谐，平公这才佩服师旷是真正的知音。

还有一次，卫灵公到晋国来，他走到濮水的边上，忽然听到一种新奇的乐声，听得入了神，就叫乐官师涓把曲调记下来练习演奏。他到了晋国，晋平公设宴招待贵宾，席间卫灵公站起来给晋平公敬酒，并让师涓坐在师旷的身旁弹琴助兴。

师涓还没有弹完，师旷就按住琴不让他再弹下去了。他说："你方才弹的乐曲，是前代一个名叫延的乐师给纣王制作的靡靡之音。武王灭纣之后，师延向东逃跑，走到濮水时投水自尽了，你们听到这个乐曲时一定是在濮水边上。这是亡国之音，最先听到这个乐曲的国家就会一天天衰落下去，所以我不让他奏完。"

这一通有理有据的高论，使听者莫不信服。

师旷弹琴

师旷具有神奇的演奏技巧，他特别擅长弹琴。据说，他的琴艺可以感动神灵。

有一次，师旷鼓琴，那美妙高亢的琴声袅袅，直上云霄。不一会儿，从云中降下来几只玉羊和白鹊，接着又有六十只黑色的仙鹤排成一队，它们口里衔着明珠，从天空冉冉飞落到庭院里。

十六只黑鹤排成四只一行的方阵，它们随着师旷的琴声开始了奇妙的舞蹈。正舞得起劲时，一只鹤不小心把嘴里衔着的珠子掉在地下了，它只得伸长脖子四下寻找，这小小的插曲引得师旷掩口而笑。

晋平公非常爱听师旷弹琴，可是师旷说，那天的琴曲还不是最好的，最好的名叫《白雪》和《太乙》，这两个曲调只有圣人才能听，寡德之君听了会带来灾难的。晋平公非常好奇，就逼着师旷弹一曲听听。

师旷推辞不过，只好在一次宫廷的宴会上奏起了《白雪》和《太乙》。琴声才起，就见天空乌云密布，狂风骤起，雷电交加，暴雨倾盆。随后，那些怪鸟呀、异兽呀、一条腿的羊呀，都从天空降落下来，挤满了殿庭。连那如刑天之类的无头鬼也手持戈戟，怪模怪样地舞蹈起来。群臣们一个个吓得面无人色，浑身发抖。晋平公竟吓出了一场病，仿佛得了痴呆症，晋国的土地也因为这次鼓琴而大旱了一年。

据说，这种现象的发生是因为晋平公是个寡德之君，承受不了这样圣洁的琴音。

伯牙与钟子期

伯牙从师

伯牙是古代著名的琴师，相传他是春秋时楚国人。当初他跟成连先生学习弹琴，学了三年也没有学成。后来，成连先生对他说："我只能向你传授琴曲，却不能转移你的性情。我有位老师叫方子春，住在蓬莱山上，他不仅琴弹得好，还能转移人的性情，你愿意跟我一道去向他请教吗？"

伯牙说："老师有命，我怎敢不从？"于是，师徒二人同乘一只小船，奔赴东海的蓬莱山。他们来到蓬莱山上，成连先生对伯牙说："你自己留在这里学习弹琴吧，到时候方子春老师自然会来帮助你的。"说罢，他便乘船离去了。

伯牙住在蓬莱仙山，每天除了练习弹琴，便去各处寻幽访胜。那寂静的山林，潺潺的溪水；那绚烂的野花，唧唧的虫鸣；那深沉悠长的虎啸龙吟，潮涨潮落喷涌的涛声……交织成一曲多么和谐美妙的音乐。伯牙觉得大自然的一切仿佛跟自己的感情融汇成一体，达到了"天人合一"的境界。他把这种感受谱入琴曲，便产生了一种迥然不同的韵味，达到了出神入化的境界。

据说，伯牙弹起琴来，连驾车的四匹马也会昂首嘶鸣，以表达它们欢畅的心情。伯牙在仙岛上聆听大自然的各种声音，心有所感，抚琴而歌，创作了著名的琴曲《水仙操》。

这时，他才恍然大悟，所谓东海的方子春老师，不过是自然的各种风光景物，可以使人转性移情而已。伯牙弹罢《水仙操》，成连先生便划着船来接他回去，并祝贺他成为天下鼓琴的妙手。

偶遇子期

有一天，伯牙带着琴童到泰山上去游玩，忽然阴云四合，下起暴雨，他赶紧跑到一座山崖下去避雨。琴童献上琴，伯牙就坐在一块石头上弹了起来。雨越下越大，伯牙心中有所感受，手指用力拨动着琴弦，不觉奏出了淋雨的声音。

这时，一个名叫钟子期的青年也来崖下避雨，他听到琴声，不禁点头称赞道："这是淋雨的声音啊！"伯牙暗自吃了一惊，想不到一个年轻人竟有如此高明的欣赏能力。于是，伯牙又故意在指头上用劲，弹出山崩的声音，钟子期听了，又点点头说："这是山崩的声音啊！"伯牙便推开琴，站起来握住钟子期的手说："好啊，你真是我的知音啊！"

这时，已经雨过天晴，阳光灿烂，二人便坐在石上攀谈起来。伯牙发现，钟子期虽然是个青年，可是知识渊博，深谙乐理，具有高尚的志趣和情操。从此，两个人成了心心相印的好朋友。

关于这个知音的故事，还有一种稍稍不同的说法。说伯牙弹琴，钟子期在一旁听，当伯牙心中想着泰山的时候，钟子期赞叹说："这琴弹得真好啊！巍巍乎乎，好像泰山般高。"当伯牙心中想着流水的时候，钟子期又赞叹说："这琴弹得真好啊！浩浩荡荡，好像河水奔流。"钟子期的话句句说到伯牙的心坎上。

后来，钟子期死了，伯牙到坟前祭奠他。他弹了一曲悲歌，然后将琴摔碎，终生不再弹琴了，因为他觉得，钟子期已死，世间再也没有他的知音了。

鲁班的传说

鲁班造木马车

给楚王造云梯的公输般是鲁国人，人们便叫他鲁般或鲁班。他是我国古时著名的巧匠，旧时木工行业的手艺人都尊称他为"鲁班师傅"，在神龛里供奉着他的像。

从古到今，关于鲁班的神话传说有很多，当然大都是关于发明创造的，且富有神奇浪漫的色彩。传说，在浔阳江的七里洲中，有一只用木兰树雕刻的精巧的船就是鲁班制作的。又说在东北海边的岩石下有只大石龟，相传也是鲁班制作的。这只石龟也有了灵性，它冬天伏在山石下面，夏天就爬到海里去。鲁班最动人的传说之一，是说他会制作在陆地奔跑的木马车。

据说，鲁班曾给他的母亲做了一辆木头车子，驾车的是匹木马，赶车的是木头人，车上各种机关五花八门，一应俱全。母亲很有兴趣地坐在木车上，木人立即扬起鞭子一挥，木马便飞快地奔跑起来。车轮如风驰电掣般前进，竟一去不返，一直跑得无影无踪，鲁班的母亲再也没有回来。

鲁班造木鸢

鲁班会用木头做飞禽，让它在天空飞来飞去。传说，鲁班曾经用木头雕刻了一只白鹤，它从鲁国起飞，一飞就是七百余里，降落在天姥山的西峰，在那里展翅起舞，咯咯鸣叫。后来，汉武帝派人前去取木鹤，木鹤又飞到天姥山的南峰。据说，每当天要下雨的时候，山峰上的木鹤便摇动起翅膀，好像要飞上天空似的。

鲁班最拿手的绝活儿是造木鸢。据说，他给楚王造云梯的时候就制作了一只木鸢，能在天空飞翔三日不落下来。他曾亲自乘上木鸢飞到北方去窥探宋国京城的情况。

还有另一个传说。相传，鲁班曾经远至甘肃的凉州，为一所寺院修造佛塔，工余时间制作了一只木鸢。木鸢上安装了各种灵巧的机关，只要在机关上轻轻敲打三下，它就能载着人拔地而起，直上云霄，飞到遥远的地方。鲁班便时常在夜间乘着木鸢回家去看望妻子，不久妻子就怀了孕。父母见儿媳妇肚子一天天大起来，就追问原因，儿媳妇只好说出了事情的真相。父亲出于好奇，便在夜里暗中观察，见儿子果然乘着木鸢落到庭院里。

父亲悄悄走到木鸢跟前，用手抚摸着。他试着坐上去，然后在机关上敲打了几下，木鸢忽然飞腾起来，一直向东南方飞去，到了吴会才落下来。吴会的百姓看见从天上飞来个乘坐木鸢的老汉，以为是妖怪，就把他捉住杀死了。

后来，鲁班又做了一只木鸢，乘上它飞去寻找父亲，终于在吴会找到了父亲的尸体。

鲁班爷巧正宝塔

金山寺的宝塔造好后看上去很漂亮，可就是有点朝江心倾斜，得想个办法正过来才是。有什么办法泥？用木柱支顶吧，塔高水深，上哪儿找那么长的木柱呢？这可难坏了领工师傅，他每天围着塔前塔后转来转去，也想不出个好主意。

一天，随着咚咚的鼓声，从上游放下来许多木排，它们像一条条长龙停靠在金山寺的附近。领工师傅望着川流不息的江水和水中歪斜的塔影，他心里明白，如果宝塔不能正过来，给朝廷知道了，不但自己要被杀头，连妻儿的性命也难保。他还不如两眼一闭，跳到江里，一死了之。想到这里，他便朝木排的边上走去，想要纵身下跳。

这时，他觉得身后的衣服被人扯住了，回头一看，原来是个须发皓白的老头儿，一身木工师傅的打扮。"你有什么事想不通，要寻短见？"老头儿先开口问道。

"唉！"领工师傅叹口气说，"老师傅，不瞒您说，我带工建造的这座宝塔向江中倾斜，朝廷知道了，我一个人死了不要紧，连老婆孩子……"他说着便流下了眼泪。

白胡子老头儿笑笑说："愁什么，天无绝人之路，塔歪了，用木柱支撑嘛！"

"我也晓得用木柱支撑，可是您看，塔下是悬崖，悬崖下是江水，哪有那么长的木柱啊！"

"没有长的用短的好了。"

"短的够不到江底。"

"够不到江底，就把支撑的基点打在木排上好了！"老头儿指了指脚下的木排。

领工师傅看看宽大平稳的木排，心里忽然开了窍，脸上露出了笑容。几十个工匠扛木柱的扛木柱，拉绳子的拉绳子，他们整整忙了三个时辰，总算把宝塔支撑上了。

傍晚时，领工师傅回到家里叫妻子炒了几样小菜，烫了一壶酒，美美地喝了一顿，然后躺炕上睡着了。睡到天刚放亮时，他一轱辘爬起来，披上衣服就往外跑，嘴里不住地说"坏了"，原来他忽然想起今天是八月十八，是大潮汛的日子。

俗话说："初三潮，十八水。"潮水一来，江水上涨，木排也跟着上涨，那不是把宝塔顶翻了吗？他越想越觉得可怕。可是，他跑到塔跟前一看，宝塔不但没有翻倒，却借了潮水的力量正过来了，歪斜多少就被顶过来多少，不差分毫！领工师傅的心中乐开了花。

太阳升起来了，人们围观着端端正正的宝塔，议论起昨晚遇到白胡子老头儿的事，他们都说他一定是鲁班爷，特意来指点他们。为了庆祝宝塔落成并感谢鲁班爷，工匠们就在塔前搭上戏台，唱起了大戏。

鬼谷先生

战国末年出了一个奇人，自号鬼谷先生。据说，他是晋平公时人，到战国末年已经有一百七八十岁了。还有的说，他是轩辕黄帝时代的人，是古时的真仙，经历了夏、商、周三代，曾经跟随太上老君（老子）到西天的流沙地方修炼，到了周代末年又回到国内，隐居在汉水之滨的鬼谷山中，聚徒讲学，传授道家真谛。

鬼谷先生学识渊博，道术高深，精通天文数术和六韬兵法。他通晓百家之言，更有无穷的智慧和变幻莫测的本领，因此很多人都去拜他为师。他的弟子中，著名的有军事家孙膑和庞涓，政治家苏秦和张仪等。

传说，苏秦与张仪是一对要好的朋友，两个人志同道合，都非常好学。他们青年时代就离开了家乡，一起到外面寻访名师。一路上，他们争着把自己的头发剪下来卖了换饭吃，或是帮人家抄书换点钱。他们遇到了好书，不论是《三坟》还是《五典》，只要是圣贤的话，都记在心里，或是一字一句地抄写下来。没有竹帛，他们就暂时写在自己的手掌上或大腿上，晚上回到客店里再抄到竹帛上。日久天长，他们那用树皮编织的书囊里便装满了抄写的书。

一天，两个人走得疲倦了，倚在一棵大树下休息，不知不觉便睡着了。蒙眬中，两人听见一个老者在呼唤他们，问他们为何这样勤苦，劝他们不要睡在树下，以免着凉。苏秦和张仪睁眼一看，原来是一位清奇古朴的老人，他目光炯炯，须眉如雪。

于是，两个人问老者尊姓大名，从何而来。老者告诉他们，他无名无姓，隐居在鬼谷，人们便叫他鬼谷先生。他们和鬼谷先生谈了一会儿，深感先生学识渊博，道术高深，非常佩服，表示愿意拜先生为师。鬼谷先生也觉得这两个少年英俊有为，就收他们做了学生。

鬼谷先生有五百多个学生，他隐居的地方就像一座学院。据说，苏秦和张仪跟鬼谷先生学习了十一个年头，精通了"六艺"及诸子百家之言才毕了业。苏秦和张仪学成后，就要到各国去游说，施展自己的才能。可是，先到哪国去好呢？

战国末年，七雄争霸，西方的秦国最强大，他们就想先到秦国去。但是，他们不熟悉去秦国的道路，鬼谷先生便送给他们一只鞋。两人刚一出门，那只鞋就变成了一条狗，在前面引路，只一天的工夫，两个人就到了秦国。后来，苏秦和张仪果然成了著名的纵横家。

后来，秦始皇统一了中国。在供他射猎用的园林中囚禁了许多无辜的罪人，这些罪人不到审判定罪就经受不住折磨含冤死去了，尸体就横在路边。说来也怪，不知从哪儿飞来一种像乌鸦似的鸟，它衔了一种草叶盖在死人的脸上，过了一会儿，死了的人竟慢慢活过来了。

管园林的人把这件事报告给秦始皇，并把神鸟衔来的草拿去给始皇看。那草的叶子就像菰叶，有三四尺长，秦始皇也不认得，就命人拿去请教鬼谷先生。鬼谷先生说："这草乃是东海祖洲上的不死草，又叫养神芝，生长在琼田当中，一株草能救活一个人。"看来，鬼谷先生也像孔夫子一样，是个博识的圣人。

中国神话故事

（下）

《写给孩子的世界经典神话》编委会 / 编

沈阳出版发行集团
沈阳出版社

图书在版编目（CIP）数据

中国神话故事 : 全 2 册 /《写给孩子的世界经典神
话》编委会编 . —— 沈阳 : 沈阳出版社 , 2020.1（2020.5 重印）
（写给孩子的世界经典神话）
ISBN 978-7-5716-0740-1

Ⅰ . ①中… Ⅱ . ①写… Ⅲ . ①神话 – 作品集 – 中国
Ⅳ . ① I277.5

中国版本图书馆 CIP 数据核字（2020）第 008152 号

河伯娶妇

魏文侯的时候，有个叫西门豹的人做了邺县的县令。他一到任，见县城里街市萧条，人烟稀少，不少人家院子里长满了蒿草，觉得很奇怪，就邀请些老人们聊聊天，向他们询问百姓的疾苦。

老人们七嘴八舌地说："说到疾苦，最难忍受的就是给河伯娶媳妇，弄得家家人心惶惶。"

"河伯是谁？为什么给他娶媳妇？"西门豹问。

"河伯就是我们这儿漳河里的河神，我们每年都要给他送去个漂亮姑娘做媳妇。不然的话，他就要发起洪水，冲毁房屋，淹死人畜。"

"都是谁来办这件事呢？"西门豹又问。

"是这里的巫婆。"老人们说，"她手下有不少徒弟，当地的里长和衙门里的差役也跟她勾结在一起。他们每年要从百姓身上搜刮几百万银两，只用二三十万给河伯娶媳妇，剩下的都被他们私分了。"

"原来是这样！"西门豹点点头说，"如此看来，他们不但要榨取民财，还要残害良家女子。"

"大人说得正是。"老人们越说越气愤，"每年到给河伯娶媳妇的时候，巫婆就到贫苦人家巡视，看见谁家的姑娘漂亮，就强迫她去给河神做媳妇。到送新娘那天，他们把姑娘打扮起来，叫她坐在准备好的床上，再把床浮在河面上。开始时床还在水面上漂，不久就慢慢沉下去了……"老人们说到这里，声音有些哽咽。

西门豹站起来，踱了几步，自语道："这样下去，百姓还有什么活路！"

"是啊！老人们接着说，"好多人家怕自己的女儿被抓去，都带着家眷逃走了，邺县这地方的人口一天天减少，日子也一天比一天难过。"

"谢谢诸位父老！"西门豹说，"到了为河神办喜事的时候，请各位乡官、巫婆和乡亲父老们都到河边去。希望你们到时候告诉我一声，我也想去送送新娘。"

到了给河神娶媳妇那天，西门豹带着几个武士来到河边。县里的差役、地方的乡官、土豪劣绅以及父老乡亲都来了，总共有两三千人。

给河神操办喜事的是一个七十多岁的老巫婆，她一脸阴阳怪气，口中念念有词。巫婆的身后还跟着十来个女徒弟，她们都穿着绸缎衣裳，打扮得妖里妖气的。仪式开始了，只见西门豹站在河边高声说："把新娘子叫出来，我要看看她长得漂不漂亮。"于是，有人把新娘子从幔帐里领出来，带到西门豹跟前。

新娘子低着头，眼里含着泪水。西门豹看了看，故意摇头说："这个姑娘长得不好看，麻烦老巫婆去禀报河神一声，让我们重新挑选个漂亮姑娘，过几天再送去。"说完，他一挥手，两个随从就抱起老巫婆，扑通一声扔到河里去了。

人们都瞪大眼睛看着河水，等待巫婆回到岸上来，可是等了半天也不见巫婆的影子。西门豹说："老巫婆上了年纪，不中用了，去了半天还不回来，派一个徒弟去催催吧！"说着便命人把一个徒弟扔到河里去了。过了一会儿，西门豹说："徒弟怎么去了这么久还不回来，再派一个弟子去看看！"于是，他又把一个徒弟投到河里去了。

西门豹恭恭敬敬地站在河边，仿佛等待着巫婆和她的弟子回来报信似的。看热闹的人都很惊讶，叽叽喳喳地议论着。那些干过图财害命勾当的官吏和豪绅，一个个吓得不敢大声喘气，不知道这个新上任的县太爷还要把谁扔到河里去。他们见势不妙，想悄悄溜走。可是，西门豹早已在四周布了人马，哪里溜得出去！西门豹回过头来，对身边的人说："看来巫婆和她的徒弟都不会办事，还是麻烦每年操劳这件事的乡官辛苦一趟吧！"说完，他命武士把一个十恶不赦的里长扔到河里去了。

西门豹仍旧恭恭敬敬地站在河边等候着。过了一会儿，西门豹故作为难地说："巫婆和乡官都不回来，怎么办呢？"又要把一个干坏事的差役和一个鱼肉百姓的豪绅扔到水里去。差役和豪绅吓得面无人色，急忙跑过来给西门豹连磕响头，请求饶命，他们脑门子都磕出血了，鲜血流了满地。

西门豹站在河边的高台上对大家说："父老乡亲！兄弟姐妹！天下哪里没有河，可是谁见过河神什么样？这都是巫婆编造的谎话！还有你们这些贪官污吏，也跟巫婆勾结在一起，搜刮百姓血汗，残害良家之女！"

西门豹说到这里，周围的人群都沸腾起来了，哭泣声、叫骂声混成一片，人们高喊着："把他们都扔到河里去！"

"本该把你们都扔到河里去！"西门豹指着几个坏蛋说，"现在我给你们留一条自新之路，你们三天内把历年搜刮的银子都交上来，则可免去死罪，否则本官决不宽恕！"

坏蛋们吓得屁滚尿流，忙点头答应。西门豹把收上来的银子分给了受害的人家和穷苦的百姓，从此再也没有人敢提起给河伯娶媳妇的事了。西门豹还带领百姓开凿了十二条水渠，引漳河水灌田，使粮食获得丰收。

孟姜女哭长城

巧结良缘

为了防备北方胡人的侵扰，秦始皇征集了上百万民夫，在大将蒙恬的监督下开始修筑万里长城。

据说，这长城很不好筑，这边刚筑完，那边又坍塌了。那时有一种说法：要使新修的长城永远牢固，就得拿活人去填筑，每一里城要填一个活人，这样万里长城就得填一万个活人。这种说法一传开来，筑城的民夫个个惊恐万分，生怕被监工的官吏捉去，活活填在城墙里。

正在这时，不知从哪儿传来两句童谣："苏州有个范喜良，一人能抵万人亡。"这童谣像长了翅膀似的迅速传播开来。筑城的官吏们心想："既然一个范喜良能抵一万个人，如果把他捉来填了城，不是省去许多麻烦吗？"于是，他们一面奏请皇帝，一面派出人马到苏州去捉拿范喜良。

范喜良①听说朝廷派人来捉拿自己到北方去修筑万里长城，吓得魂不附体，赶紧化装潜逃，到远处去避难。

范喜良从苏州逃出，一路上昼行夜伏，风餐露宿，不停地朝南方跑。一天，他来到了松江府地界，只听路人纷纷传说，秦始皇正派人捉拿"一人能抵万人亡"的范喜良，要把他活活埋在长城脚下。

范喜良正在惊慌的时候，又见北方烟尘滚滚，仿佛有兵马追来，他赶紧翻过墙头，跳进路边的一家院子里，躲在了别人家的后花园中。原来，这个院落就是孟员外的庄园。范喜良坐在花园中的一棵大树下喘息了一会儿，紧张的心情渐渐平静了下来。

正当他要离开花园起程赶路时，却见一个年轻美貌的小姐和一个丫环从池塘边说说笑笑地走过来，她们边走边追逐着一只蝴蝶。蝴蝶翩翩飞舞，忽上忽下，小姐拿着团扇紧追不舍，她扑来扑去，一不小心忽然失足落在池塘里了。范喜良听见丫环的惊叫声，匆忙从树下跑过去，他跳进水里，连挽带抱，把小姐拖到了岸上，他们的衣服都湿透了。

被救起的就是孟员外的女儿，即孟姜女。孟姜女看着站

---

① 范喜良，在民间传说中有的写作万喜良、范杞梁、范希郎等，据说他是苏州城内范员外的独生子，年方十八岁，尚未婚配。

在眼前的英俊少年，内心充满了感激之情。她红着脸，似乎要说什么，可又不好开口。这时，孟员外夫妇赶来，听了丫环的述说，两人连连感谢这个陌生的少年救了自己的女儿。

孟员外一询问，才知道这个少年叫范喜良，是苏州城范员外的儿子，因躲避抓捕逃进了花园；又见他温文尔雅，一表人才，老员外心里很高兴，便邀他到府上做客。孟员外心想："自古男女授受不亲，如今范喜良将女儿抱上岸来，破坏了这个古礼，该如何是好呢？"他想来想去，只好招这个逃亡的人做自己的女婿。

当天晚上，他就吩咐家人张灯结彩，给这一对年貌相当、一见倾心的少男少女举行了婚礼。

范喜良被捉

范喜良和孟姜女成婚后，夫妻俩恩恩爱爱，甜甜蜜蜜，过着幸福的生活，孟员外和夫人心中也都非常高兴。

可是，好景不长。孟府中有个总管，名叫孟兴，和孟员外同姓不同宗。此人伶俐乖巧，却心地歹毒。他见孟员外家财万贯，年老无子，只有一个养女，心中早就产生了非分之想，曾经好几次在孟姜女跟前献殷勤，都被孟姜女斥退了。现在，他眼睁睁地看着孟员外招范公子做了女婿，自己的美梦成了泡影，怎能不怀恨在心？于是，当他得知范喜良是个正在被缉拿的"逃犯"时，便萌生了报告官府的歹心。

一天清晨，孟府门外忽然传来衙役的吼叫声，孟姜女忙说："不好！一定是官府派人来捉相公了。"说罢，丫环领着范喜良匆匆从后门逃了出去，让他藏到后面的柴草房里。凶狠的衙役们砸开孟府的房门，前前后后、里里外外搜了个遍，也没有找到范喜良。最后，在孟兴的暗示下，他们还是从柴火堆里捉住了浑身发抖的范喜良。衙役们不由分说，将他痛打了一顿，并给他带上枷锁，准备交给官府，押送到长城去。

临别的时候，范喜良流着眼泪对孟员外说："岳父大人不必伤心。小婿承蒙大人厚爱，与小姐成亲，本想长侍堂前，以慰寂寞。不料，今遭此祸，解往长城，谅必凶多吉少，定死无疑。令爱年轻貌美，切不可让她长守空闺，枉度青春，当另选高门，再结良缘，小婿虽在九泉之下，也会瞑目了。"

孟员外夫妇听了，连连叹气。孟姜女已哭成个泪人，她上前对丈夫说："另选高门之言，范郎休要再提。妾自今日始脱去绫罗不施粉黛，在这里侍奉双亲，等待范郎归来。你我纵然远隔千山万水，我的心也永远惦记着你，和你一起分担苦难。愿范郎多多保重！"

这一番话说得孟员外夫妇老泪纵横，范喜良竟失声痛哭起来。孟员外叫家人拿出些银两来，分出一半打点衙役，另一半留给范喜良路上用，这才目送着一行人上路，向北方走去。

千里送寒衣

转眼间范喜良被抓走半年多了，一点儿音信也没有。孟姜女日夜祈祷丈夫平安无事，早日回家和自己团聚。天渐渐冷了，北风卷地，雁阵南飞，这更加触动了孟姜女对丈夫的思念。

一天晚上，她做了个梦，梦见自己来到了长城上，看见丈夫染上了重病，穿着一件破旧的单衣，正躺在地下瑟瑟发抖，监督的官吏还举着皮鞭，逼他去做苦工。孟姜女走上前去握住丈夫的双手，想让他坐起来，可是她怎么也拽不动，仿佛丈夫有千斤之重。她心里着急，猛一用力，忽然惊醒了，才知道这是一场梦。

梦中的情景历历在目，孟姜女心口怦怦跳个不停。想起刚才的梦境，她心中非常悲伤，不禁流下眼泪。幸亏她早已为丈夫缝制了寒衣，之前好几次想要亲自给丈夫送去，只是父母不放心，再三劝阻，才没有成行。这回，她决心说服父母，让他们同意她千里迢迢去给丈夫送寒衣。老员外夫妇见女儿态度坚决，也就应允了。

孟姜女把丈夫的寒衣打成个小包袱，背在身后，带上些银两，手中拿着一把雨伞，便告别了父母，登程上路。她在路上不知走了多久，一天来到了一条大河跟前，只见河水滔滔，一望无边，既没有桥梁，也没有船只。怎么能过得去呢？她坐在河边伤心地哭起来了，一边哭诉自己寻夫的苦情，一边用手拍打着河岸。

说来也怪，那滔滔的河水竟随着她手掌的拍打一寸一寸地降了下去，终于露出了河床。孟姜女就从干涸的河床上横穿过去，到达了对岸。又不知走了多少时候，一天孟姜女来到了一道关前。孟姜女把寻夫的事对关吏说了，关吏说："此去长城，何止千里，你孤身一人，银两又少，如何能到？"

孟姜女说："我立志寻夫，何惧千里？即使万里，我也决不回头。至于银两，我自幼学会了弹唱，可以街头卖唱、乞讨，何处不能讨得食宿之资？"关吏们一听孟姜女会弹唱，都要求她唱一段。孟姜女为了快点出发，就唱了一支《孟姜女四季歌》。据说，这支歌是孟姜女根据自己的遭遇编成的，在江浙一带还很流行呢——

春季里来桃花开满溪，天作之合结为夫妻；
谁知半途风波起，清夜怕听子规啼。
夏季里来荷花满池塘，对对鸳鸯结成双；
只望交颈合欢好，无情棒打好悲伤。

秋季里来桂花香满枝，思想起范郎无寒衣；

今朝去把寒衣送，可怜奴家泪沾衣。

冬季里来梅花岭头开，孟姜女寻夫到此来；

千里迢迢奔波走。不知我范郎哪里来？

孟姜女那凄凄惨惨的歌声，使天上的流云驻步、林间的百鸟停鸣。吏卒们听得泪眼模糊了，关吏急忙下令说："快送这女子出关赶路！"

孟姜女寻夫

孟姜女一路上经过了千辛万苦，终于来到了长城。

一天，她走在一座高冈上，见前面有三条大路，她不知走哪条路才能找到自己的丈夫。这时，迎面飞来了两只小乌鸦，在她的身前身后绕来绕去，哇哇哇地叫个不停。孟姜女觉得奇怪，便问："乌鸦，乌鸦，你莫非是来给我引路的吗？"

小乌鸦好像通人性似的，哇哇叫着在前面飞，飞了一程又一程，孟姜女跟着在后面走，一直走了几十里光景。天色将晚，忽然从树林里飞出一大群乌鸦，它们把两只小乌鸦团团围住，裹在里边。孟姜女担心小乌鸦出不来了，谁知它们竟挣扎着冲出了重围，又引导孟姜女走了一程，才悄悄飞去。

天渐渐黑下来了。孟姜女来到一个小村庄，叩开了村东头的一家柴门，请求借宿。从屋里走出一个须发皓白的老翁，自称塞翁。他一看是个年轻妇人，就知道她是到长城来找丈夫的，因为他已经接待不少这样的妇女了。塞翁把孟姜女让到屋里，告诉她，自打修长城以来，累死病死的民夫不计其数，尸骨都被填在长城里面了。孟姜女听了塞翁的话，暗自心惊，不知丈夫是死是活。

第二天早晨，孟姜女告别了老翁来到长城脚下，见那长城果然造得巍峨雄伟，像一条灰色的长龙，蜿蜒起伏在群山之间。那些筑城的民夫一个个衣衫褴褛，骨瘦如柴，在监工的皮鞭下抬砖运石，稍有怠慢，便会遭到毒打。孟姜女看到这情景，心中无比难受。她在民夫中到处打听，到处寻找，也没有见到丈夫的踪影，她的心里更加焦急不安了。

孟姜女只好去问监工的官吏，官吏说："范喜良是苏州的'逃犯'，本应捉回来立即处死，拿他的尸首去填筑长城，可是死的人早已超过了一万个，都拿去填城了，暂时用不着他，便让他在这儿干活。只怪他身子单薄，几个月前染了重病死了，也被填进了城墙。"

孟姜女听了监工的话，只觉得天旋地转，眼前一片黑暗，晕倒在地下。几个好心的民夫把她抬到帐篷里，过了很长时间，她才慢慢苏醒过来，又忍不住放声大哭。民夫们听到她的遭遇，一个个也暗自伤心落泪。

哭倒长城

孟姜女从昏迷中苏醒过来，一想再也见不到自己的丈夫了，眼睛里又涌出了悲伤的泪水。她挣扎着坐起来，心想，自己千里迢迢来寻夫，不能就此罢休，即使看不见活着的丈夫，也要把他的尸骨找到，带回去埋在故乡的土地上，也算尽到了夫妻的情分。

于是，她来到长城边上，迎着刺骨的寒风，冒着漫天的飞雪，到处打听丈夫尸骨的下落。可是，好多天过去了，还是一点儿线索也没有。有人劝她说，天气一天比一天寒冷了，在这漫长的长城下面要找到一个人的尸骨，真比大海捞针还难啊，不如早点儿回去。但是，孟姜女总觉得找不到丈夫的尸骨，仿佛是欠下一笔永远无法偿还的债，内心感到十分不安。

一天，孟姜女来到一段由家乡的民夫修筑的长城脚下。她在一块岩石上坐下来，眼睛直瞪瞪地望着前面，眼前的万里长城像一条蜿蜒匍匐的巨蟒，伸向远方。她看着长城上的一砖一石，不禁想到，有多少人像自己的丈夫一样，流尽了最后一滴血汗，将尸骨填筑在这里面；有多少孤儿寡母还在家乡翘首遥望，痴心等待亲人早日归来，却不知道他们的亲人已经永远回不来了。

想到这里，孟姜女心里酸痛，忍不住大声哭了起来，边哭边诉，边哭边骂，直哭得天愁地惨，日月无光。人们听了这哭声，也都暗自落泪。孟姜女哭啊，哭啊，不知哭了多长时间。忽然，狂风骤起，飞沙走石，天昏地暗，大地也仿佛在微微颤动。

这时候，只听轰隆隆一声巨响，那巍峨坚固的长城一下子崩塌了四十多里。等到迷漫的烟尘散尽，孟姜女迷迷糊糊睁开眼睛，看见有无数具森森白骨暴露在长城脚下的砖石泥土之间。孟姜女看那些白骨都很相似，分辨不出哪一具是自己丈夫的尸骨。

她想起小时候母亲给自己讲过滴血认亲的故事，便用牙齿咬破了指头，让血滴在一具具白骨上，心中暗暗祈祷说："上苍保佑，若是我丈夫的尸骨，就让血浸在骨头里；若不是丈夫的尸骨，就让血流向四方。"

她滴了几十具尸骨，血都不浸。忽然，滴到一具尸骨，孟姜女的血一下子就浸到了里面。孟姜女反复滴血试验都是这样，这是丈夫的尸骨无疑了。她就打开身上的包裹，取出给丈夫缝制的寒衣，将尸骨包好，带回了家中。

夸父逐日

　　"夸父"本是一个巨人族的名称。他们原是大神后土传下的子孙，住在遥远的北方一座名叫"成都载天"的大山上。

　　北方天气寒冷，冬季漫长，夏季短暂。每天，太阳从东方升起，山头的积雪还没有融化，它又匆匆从西边落下去了。夸父族人想，要是能把太阳追回来，让它永久地高悬在成都载天的上空，不断地给大地送来光和热，那该多好啊！于是，他们从本族中推选出一名英雄去追赶太阳，他的名字就叫"夸父"。

　　夸父被推选出来，心里很高兴。他决心不辜负全族父老的希望，跟太阳赛跑，把它追回来，让寒冷的北方跟江南一样温暖。于是，他跨出大步，风驰电掣般朝西方追去，转眼就追了几千几万里。他一直追到禺谷，就是太阳落下的地方，终于把太阳追上了。

　　那一轮又红又大的火球就在夸父眼前，他是多么激动、多么兴奋啊！他想立刻伸出自己的一双巨臂，把太阳捉住，带回去，可是他已经奔跑一天了，火辣辣的太阳晒得他口渴难忍，他便俯下身去喝那黄河、渭河里的水。霎时，两条河的水都被喝干了，他还是没有解渴，于是就向北方跑去，想喝北方大泽里的水。

那大泽在雁门关以北，名叫瀚海，纵横几千里，是鸟儿们生儿育女和换羽毛的地方。可是，他还没有走到目的地，就在中途渴死了。夸父那巨大的身躯，像一座高山一样倒下去了！

临死时，他将随身携带的手杖丢在地下，那手杖立刻化作一片枝繁叶茂的树林，荫蔽四方。

愚公移山

太行、王屋两座山，方圆七百里，高万丈，在冀州的南面、河阳的北面。

有个叫北山愚公的老人快九十岁了，他家大门正对着这两座山，大家出来进去要绕着道走，很不方便。老人就跟家里人商量："我跟你们一块儿竭尽全力，把这两座山挖平，让我们门前的路一直通到豫州的南面，到达汉水以南，你们说可以吗？"大家都表示赞成。

他的妻子提出疑问说："靠你们这点儿力量，恐怕连魁父那样的小土丘都移动不了，何况太行、王屋两座大山？再说，挖出的泥块和石头又往哪儿放呢？"

大家都说："挑去抛到隐土以北，渤海的海滨。"

于是，愚公率领儿子和孙子挑着担子，将铲下的泥土和石块运到渤海海滨倒掉，他们一个季节才能往返一次。

他的老朋友河曲智叟笑着说："你也太糊涂了！凭你的残年余力，连山的一根毫毛也毁不掉，怎么能搬走那些土石呢？"

愚公听了长长地叹了口气说："没想到你这样固执，不通事理。将来我死了，我还有儿子；儿子又会生孙子，孙子又会生儿子，子子孙孙无穷无尽，可是那山不会增高了，怎么平不了呢？"这一席话把智叟说得张口结舌。

愚公的这番话恰巧被一个手里握着蛇的天神听到了，他怕愚公没完没了地干下去，山真的会被挖平，便赶紧去报告天帝。天帝被愚公的意志感动了，就派夸娥氏的两个儿子去把两座山背起来，一座安置在朔东，一座安置在雍南。

从此以后，从冀州的南部到汉水以南，再也没有高山阻挡了。

神山昆仑

昆仑山在遥远的西方，是天帝在下方的都邑，也是众神会聚的地方。据说，它方圆八百里，高万丈，比珠穆朗玛峰还要高出好几倍。还有的说，昆仑山高达一万一千里一十四步二尺六寸，连太阳和月亮的光芒都被它遮住了。

山的周围有赤水、弱水、河水、洋水四条河流，条条都是无底的深渊。特别是弱水，真是名副其实，一片鸿毛掉进去也会沉底，何况人或船只呢？

山上有金碧辉煌的城阙宫宇共九层，矗立在云端。还有珠树、玉树、瑶树、碧树等各种神树。有一种长得枝繁叶茂的大树，叫不死树，它开白花，结紫色的果实，人吃了便能长生不老。用不死树的果实炼制的不死药，人吃了不但不死，还可以升天成仙。

山的每面都有九座门，由开明兽把守着。开明兽是一种神兽，长着老虎的身子和九个脑袋，每个脑袋上长着一张人脸，它面朝东方，站在昆仑山上。山的每面各有九口井，每口井都是用美玉做栏杆。这些井里的水都是人间不见的甘泉，不但可以滋润万物，还能用来调制各种神药。

据说，这座神山共有三层：登上第一层凉风山，就可以长生不老；登上第二层悬圃山，就可以成为神仙，能呼风唤雨；登上第三层，就到了天地相接的地方，可以成为天神。由此看来，昆仑山不仅是仙神聚居的地方，还是上天成神的"天梯"。

昆仑山上住着很多神仙，最有名的要数西王母了。西王母住在昆仑山附近的玉山山洞里。她的形体像人，但长着豹子的尾巴和老虎的牙齿，头发乱蓬蓬的，头上戴着玉胜，善于啸叫，样子很可怕，据说她是管灾疫和刑罚的神。

昆仑山上有很多鸟兽，比如虎豹、虫蛇、凤凰、鸾鸟等，西王母就和它们住在一起。有三只青鸟住在三危山上，它们专门伺候西王母，为她找食物、取水、传送信件，这三只青鸟都是红脑袋、黑眼睛，一只名叫大鹜，一只名叫少鹜，还有一只就叫青鸟。

西王母每天跟虎豹乌鹊在一块儿，生活很寂寞。后来，射神羿历经千难万险到昆仑山上向她求不死药，这才算是来了一个客人。再往后就是周穆王驾八骏西游，登上昆仑山，与西王母饮酒赋诗，这算是她最快活的时候，可是这时她已经演变成美丽雍容的女神了。

雷公之貌

古神话说，黄帝是雷神的后代。一天夜晚，黄帝的母亲附宝看见一道大电光缠绕北斗星后有感而孕，一直孕育二十五个月，生下黄帝。又说，伏羲也是雷神的儿子。伏羲的母亲华胥氏姑娘到雷泽边玩耍，因踏了雷神的脚印而怀孕，怀胎十二年生下了伏羲。

在我国各民族的神话中，雷神（俗称雷公）都是显赫的大神。在历代的神话传说中，雷公的形象也在不断变化。

《山海经》里的雷公住在雷泽，他长着人首龙身，用木槌敲打自己的肚子便会发出隆隆的雷声。

汉代的王充说，画师们画的雷是一串连在一起的圆鼓，再画一个力士模样的人，就成了雷公。他左手牵着连鼓，右手拿着木槌，像是擂鼓的样子，意思是那隆隆的雷声是木槌击打连鼓互相碰撞发出的声音。这是汉代人心目中的雷公。

后来，雷公的形象又演变成猪的脑袋、麒麟的身子、鸟的嘴巴、龙的爪子，他肋下生着一双肉翅，手里握着鼓槌，做出击鼓的样子，这已经很接近庙中雷公的塑像了。

到了元年，雷公又成了鸡的形状——传说有个孝子杀鸡炖给母亲吃，被雷殛，就变成了雷神。雷神的形象是脑袋像妖精，嘴巴尖尖的，肩上生着双翅，右手拿着鼓槌，脚下踏着五面大鼓。他冉冉升到天上，天帝就封他做了雷门的元帅。这就完全是近代民间传说中的雷公形象了。

仙童哪吒

哪吒闹海

哪吒本是玉皇大帝座下的大罗神仙，他身长六丈，头戴金轮，长着三个脑袋、九只眼睛、八条臂膀。他口吐青色云烟，脚踏盘石，手持法器，只要大喊一声，便立刻风云滚滚，大雨滂沱，大地也为之震动起来。

那时，民间出了不少害人的魔王，玉帝便命哪吒下凡降魔，于是哪吒投胎在托塔天王李靖的妻子素知夫人的腹

内。素知夫人一胎生下三个儿子：长子金吒，二子木吒，三子哪吒。

哪吒刚生下五天就化出原形，到东海去洗浴。洗澡时，他一时高兴，双足一蹬，便一脚踏进了水晶宫，踏得那龙宫摇摇晃晃，瓦落梁歪。他怕惹出乱子，就急忙飞身回到了父王的宝塔宫。

龙王得知踏破他水晶宫的是李靖的三子哪吒，就率领他的龙子龙孙和虾兵蟹将到李天

王的门前索战，叫他交出哪吒。这时，哪吒虽才出生七天，却无比神通广大，一个人跟水族兵将们大战起来，不仅打败了龙王，还杀死了九条蛟龙。

老龙王知道自己不是哪吒的对手，已无战胜的希望，就逃回龙宫，打算去天宫向玉皇大帝诉冤，请他做主。不料，这件事被哪吒知道了，他老早就到南天门等候着，拦住龙王，把他打成重伤，龙王回到龙宫后不久就死了。

哪吒降魔

哪吒杀死龙王后，乘机进入了天门，登上了玉皇大帝的灵霄宝殿。此时，玉帝不在殿中，哪吒见墙壁上挂着一张朱色的强弓，旁边还放着一袋白色羽箭，就好奇地把弓摘下来，又从箭袋里抽出一支箭，想射一箭看看它有何灵异。

哪吒朝着西方用力射去，只听嗖的一声一道闪光向西飞去，转眼就飞得无影无踪。原来，这是如来佛赠给玉帝的神弓神箭，它不射中目标是不会停下来的。那时，正巧众魔首领石矶娘娘的儿子正在西边的山上操练武术，这箭不偏不倚，正好射中他的前胸，他当即死去。

石矶娘娘见爱子被哪吒射死，就亲自率领着妖魔鬼怪来找托塔李天王报仇，叫他交出哪吒。哪吒听说后，就溜到父亲的神坛上，取来降魔的宝杵，飞出殿门，跟石矶娘娘厮杀起来。

双方你来我往，战得难解难分，哪吒趁石矶娘娘慌乱之机，突然亮出降魔杵，将她一杵砸死，群魔四处逃散。

割肉剔骨

托塔天王李靖见哪吒用自己的降魔杵杀死了群魔首领石矶娘娘，知道哪吒闯了大祸，就把他关起来，想交给群魔赎罪。

哪吒见父王如此绝情，就寻了一把快刀，走到父母面前说："孩儿不慎射死石矶娘娘的儿子，又用降魔宝杵砸死了石矶娘娘，为家门惹下大祸，儿已知罪。听说，爹娘要把孩儿交给群魔处置，儿宁死不愿受群魔摆布。儿的身体骨肉受之父母，现在我要割肉还母，剔骨还父，从此与二老割断父子母子之情，群魔要报仇，只会找孩儿算账，与父母无关。"

哪吒说罢，便用快刀割肉还母，剔骨还父。李靖夫妇上前阻止已来不及，只好痛哭一场，把骨肉掩埋了。

哪吒脱离了骨肉，他的一缕真灵飞到如来佛祖的身边。因他降魔有功，佛祖就顺手在殿前荷池中找些荷梗做他的骨架，摘些莲藕做他的血肉，再取来藕线连成他的小腿，用荷叶做成他的衣裳，用法术又使他活了过来。

如来佛神祖还授给哪吒佛家的奥秘，让他亲自领受"木长子"三字真言，从此他的身体要大能大，要小能小，能钻天入海，移星转斗，法力无边。玉帝又亲自封他做了三十六员天帅的总领袖，让他永做威镇天门的护法神。后来，他用法力降服了九十六洞妖怪，足见其神通之广大。

帝女桑

炎帝有一个女儿，其名不详，古书上称她为"赤帝女"。传说她得道成仙，就住在南阳愕山的一棵大桑树上。这棵桑树粗五十尺，高百丈，枝杈繁茂，叶子有一尺多大，带红色的纹理。这树长着青色的树干，开黄色的花朵。

到了正月初一这天，炎帝的这个女儿就化身白鹊到各处去衔些小树枝来，在桑树上做巢。她辛辛苦苦衔了半个月，到正月十五日，巢做成了，她就住在里面，不再下来。她的形体一会儿变成翩翩白鹊，一会儿又恢复成美丽的少女。

炎帝见女儿住在树上风吹雨淋，心里很难过，就一次次劝她下来，劝说无用，又千方百计引诱她下来，可她就是不肯。炎帝没有办法，就命人在大树下燃起一堆火，想逼女儿下来，可是她还是不肯。火越烧越旺，烈焰冲天，炎帝的女儿竟跟随仙人赤松子在火光中冉冉升天而去了。

从此，民间便称这桑树为"帝女桑"，并渐渐形成了一种风俗：每到正月十五这天，人们总要把鹊巢从树上取下来烧成灰，再将灰做成灰汁，用来浴蚕，说是这样可以使蚕多吐丝。

钟馗打鬼

唐玄宗开元年间，玄宗皇帝带着杨贵妃到骊山去避暑。贵妃娘娘住了几日觉得不如意，便提前回宫了，玄宗心中不悦，竟生起病来。

白天，玄宗躺在床上梦见一个小鬼，他穿着一条紫色的围裙，一只脚光着，另一只脚穿着鞋子，腰间还系着一只鞋。他身上斜插一把竹扇，偷了贵妃的绣花香囊和自己的玉笛，并围绕着寝宫在玄宗跟前戏耍。

皇上大声喝问他是谁，小鬼回答说："臣是虚耗。"

皇上说："我没听说过虚耗这个名字。"

小鬼说："所谓虚，就是在空虚中偷人家的东西如同游戏；所谓耗，就是损耗别人的喜事使它变成忧事。"

皇上有些恼怒，便要呼叫武士。这时，忽然来了一个大鬼，他头上戴着一顶破帽子，身上穿着蓝袍子，腰间系着条长带，脚上穿着朝靴，径直去捉那小鬼。他先抠掉他的眼睛，然后把他劈成两半，放到嘴里吃掉了。

皇上问大鬼："你是什么人？"

大鬼回答说："臣是终南山的进士钟馗，因武德年间参加科举考试未中，羞于回归故里，自触殿阶而死。那时，圣上传旨赐我绿袍而葬，臣感激皇恩，立下誓言，要替我大唐天子消除宫中虚耗妖孽。"

皇上听完了钟馗的话，忽然醒了，身上的病也顿时痊愈了。于是，玄宗召来画师吴道子，对他说："请你按照朕的梦中所见把钟馗捉鬼的图画出来。"吴道子奉旨绘画，很快就画完了。

玄宗看了半天，手扶几案对吴道子说："看来你跟朕做过同样的梦啊！"于是，玄宗赏给他百两黄金。

后来，钟馗捉鬼图逐渐演变成一种驱邪的民俗。每到除夕，人们不仅在门上悬挂钟馗捉鬼图，而且彻夜点上明灯，民间称之为"照虚耗"，以此祈求一年的太平。

八仙过海

　　我国民间有句俗语：八仙过海，各显其能。至于八仙指的是哪几个人，大家对此说法不一，但从图像及有关的古籍记载上看，大多是指汉钟离（钟离权）、吕洞宾、李铁拐（也称铁拐李）、张果老、曹国舅、韩湘子、蓝采和、何仙姑八人，他们是道教中的八个仙人。

　　传说，有一次八个仙人应邀去参加王母娘娘的蟠桃盛会，他们回来时路过东海，渡海时，吕洞宾忽然心血来潮，提出个建议，说大家不准乘云而渡，要各自把手中之物投到水里，乘所投之物而渡。

　　于是，李铁拐投入拐杖，自立其上，乘风破浪而渡；韩湘子投下横笛，乘着横笛而渡；吕洞宾投入长剑，乘着长剑而渡；蓝采和投入花篮，乘着花篮而渡；其余的张果老、曹国舅、汉钟离、何仙姑等则各自把纸驴、玉板、芭蕉扇、莲花投到水中，乘其渡海，这真是各显其能了。

　　可是，他们在海上也遇到了一点儿麻烦，东海龙王的太子欲夺蓝采和的花篮，引起了八仙与龙王的一场大战，最后这场战争以观音的调停而告终。

扁鹊遇神仙

　　神医扁鹊原名秦越人，是勃海郡郑县人。传说，他年轻的时候是一家客栈的掌柜。

有个住店的客人名叫长桑君，扁鹊一看就知道他是个非同寻常的人物，所以总是对他毕恭毕敬，多方优待。而长桑君经过仔细观察，发现扁鹊也是个非同寻常的人物。两个人在一起相处了十多年，经常互相交谈，感情越来越亲密。

一天，长桑君要远行，就对扁鹊说："我已经衰老了，想把身上藏的神奇医药秘方传授给你，希望你能保守秘密。"

扁鹊回答说："我一定遵从您的教诲。"

于是，长桑君从怀里掏出一包药，递给扁鹊说："你用最清澈甘美的泉水吃这药，连续吃三十天你就可以洞察一切了。"

长桑君说完，又把他所有的秘方、医书都交给了扁鹊，交代完后，忽然他连人影儿也没有了。扁鹊心想，他一定是神仙。

扁鹊遵照长桑君的话每天吃药，三十天后，他隔着墙便可以看见墙那边的人是谁；他用这双眼睛去看病，可以清楚地看见人的五脏六腑哪儿生了病，然后对症下药，药到病除。于是，扁鹊的神医名号便一天天地传扬开来。

沉香救母

汉代有个名叫刘向的书生上京赶考，他路过华山神庙，便在壁上题诗，并且戏弄了庙中的神仙华岳三娘子。三娘子大怒，想杀掉他，玉皇大帝便派太白金星告诉三娘子，她跟刘向有三宿夫妻的缘分。三娘子就在路旁变出一座富丽堂皇的大宅院，在途中等候刘向。

傍晚时分，刘向果然来这儿投宿了，三娘子殷勤款待他，二人就在宅内成了亲。过了三宿，三娘子说明了实情，刘向就取出一块沉香（也叫沉水香，是一种产自海南一带的珍贵木本香料）赠给三娘子，对她说："你日后生下儿子，就让他用'沉香'作名，将来也好相认。"三娘子也赠给刘向夜明珠、玻璃盏等三件东西，都是人间难寻的宝物。

刘向恋恋不舍地离开三娘子，赴京赶考。可是，到了京城，考期已过，他就想把三娘子送的那三件宝物献给皇上，换个一官半职的。不料，这三件宝物被奸臣宰相看见了，他不但命人抢去三宝据为己有，还诬陷刘向是强盗，不由分说就将他绑赴刑场，准备斩首。

这事被三娘子知道了，她就做起法术，弄得天昏地暗，飞沙走石，让刽子手不能行刑，并使刘向沉冤昭雪。于是，刘向把那三件宝贝和文章一齐献给皇帝，皇帝很高兴，就命他做了扬州府巡案。三娘子救出刘向，就回到了华山神庙中。

不久，正值王母娘娘寿辰，各路神仙都赴蟠桃

会去庆寿，三娘子因为怀有身孕，托病未去。她的哥哥二郎神得知了真相，不禁勃然大怒，他一手提起了华山，把妹妹压在了山下的洞中，叫她永生永世不见光明。

转眼几个月过去了，三娘子在洞中生下一子，取名沉香。孩子满月后，她派一个夜叉把儿子送到扬州去找父亲。这时，刘向已娶妻王氏，也生了一子，名叫秋儿。王氏是个心肠善良的人，就把沉香和秋儿一同抚养着，让他们长大了一块儿入学读书。

同学中有个叫秦官保的，是秦丞相的儿子，常常仗势欺人，他讥讽沉香是个无娘的野孩子。沉香和秋儿被激怒了，二人失手把官保打死了，深明大义的王氏就让自己的亲生儿子秋儿抵了罪，叫沉香快快逃走，并嘱咐他到华山去救自己的母亲。

沉香一路千辛万苦，几经波折，终于来到华山。正当他不知如何救母时，遇上了女神仙何仙姑，何仙姑向他传授仙法，并帮助他从洞中盗出了萱花神斧。

沉香手擎神斧，跟舅舅二郎神在华山上大战起来，两个人上天入地，你来我往，千变万化，各显神通。众仙都来帮助沉香，众神则去帮助二郎，神仙混战，胜负难分。

玉皇大帝见此情景，急忙派太白金星下界调停，责令双方各自收兵。沉香趁此机会，突然举起神斧向华山劈去，只听惊天动地一声巨响，华山裂开了，沉香救出了自己的亲娘，他们母子团圆，悲喜交集。

沉香回到了扬州，又从法场上救出了秋儿。扬州府巡案刘向向皇帝奏明了真情。皇帝认为沉香是个孝子，嘉奖其劈山救母，便赐封他为"太子"，所以沉香又被称为"沉香太子"。

牛郎织女

在我国民间有一个家喻户晓的美丽传说，就是牛郎织女的故事。

据说，织女是天帝的孙女，也有的说她是王母娘娘的外孙女。她是一位勤劳、美丽而多情的仙女，住在银河的东边，能用一种神奇而美妙的丝织出一层层绚丽的云霞，随着时间和季节的不同而变幻着它们的颜色，这种云霞就叫作"云锦天衣"。除了织女，还有六名仙女，他们是织女的姐妹，也跟织女一道终日织造着云锦天衣。她们都是天上的纺织女神，可是最杰出灵巧的还要数织女。

在银河对岸不远的地方就是人间，那里住着一个放牛的小伙子，叫牛郎。牛郎很小的时候父母就死了，哥哥嫂子常常虐待他，不给他饭吃，不给他衣穿，让他跟老牛住在一起。牛郎年龄大一点儿，哥嫂就跟他分了家，只分给他一头老牛，叫他自立门户。他处处关心爱护这头老牛，同老牛一起劳动，一起生活，和它结下了深厚的情谊。

一天，老牛忽然口吐人言，对牛郎说："善良的牛郎啊，你也不小了，让我给你介绍一门亲事吧！"

牛郎听了很诧异，便对老牛说："你看我连饭都吃不上，还提什么亲事？"

老牛说："你听我的话没错。明天中午七名仙女会到银河里洗澡，其中那个穿一身白衣服的是织女，你拿到她的衣裳，她就可以成为你的妻子了。"

惊异不安的牛郎听从了老牛的话，到了那个时候就悄悄地来到银河岸边，躲在芦苇丛里，等着仙女们到来。中午的时候，美丽的织女和仙女们果然来到银河里洗澡。她们解下衣裙，纵身跃入碧波之中，水面上顿时绽开了朵朵白莲。

牛郎从芦苇里跑出来，在仙女们的衣裳堆里拿走了织女的衣裳。仙女们看见牛郎，惊叫着又躲又藏。她们急忙纷乱地穿上自己的衣裳，飞鸟般地四下逃散了。银河里只剩下了那可怜的织女，她没有衣裳，所以不能逃走。

这时，牛郎走上前去对她说："你答应做我的妻子，我就把衣裳还给你，我会好好待你的！"织女见牛郎朴实健壮，两眼炯炯有神，心中也对他有几分爱慕，便害羞地点点头，答应了牛郎的婚事。

婚后，这一对恩爱夫妻过着男耕女织的幸福生活。不久，他们有了一儿一女，都是那么天真活泼。夫妻俩以为他们可以永远相亲相爱，白头到老，不禁沉浸在幸福之中。

天帝和王母娘娘终于知道了织女下凡成亲的事，认为她触犯了天条，便立刻派遣天神把织女捉回来问罪。一个幸福的家庭硬是被拆散了。两个孩子哭着喊着要妈妈，牛郎眼睁睁地看着爱妻被押走，心中悲痛万分，便立刻用箩筐挑上两个儿女，连夜跟踪追去，一直追到银河边上。可是，那清浅的银河已经不见了，它早已被王母娘娘用法力搬到天上去了。

牛郎是凡人，上不了天，只好挑着儿女回到家中。牛郎和孩子们一天到晚唉声叹气，哭哭啼啼，水也不喝，饭也不吃。老牛看到这情景，又开口说话了。它对牛郎说："善良的牛郎啊，我快要死了，我死后，你剥下我的皮披在身上就可以上天了。"老牛说完，就倒在地下死了。

牛郎按照老牛的嘱咐剥了它的皮披在身上，然后挑上一对儿女又起程了。他怕孩子路上口渴，还特意从家中带上一只舀水的大勺。牛郎借助老牛皮的神力，飞快地穿行在灿烂的群星之间，终于又来到了天上银河的岸边。在隔河不远的仙阁中，依稀可见那正在织锦的织女。牛郎高兴极了，两个孩子也举起小手呼喊着母亲。

哪知，牛郎正要举步过河的时候，那清浅的银河一下子变得汹涌起来，任你是飞鸟也难以飞过。原来，这又是王母娘娘使的法力，她怕牛郎这个凡人闯入天庭，搅乱了天宫的平静，就从头上拔下一根金簪，沿着银河一划，那银河就变得又深又广、波浪滔天了。

牛郎眼含悲愤的泪水，望着滚滚奔流的天河，他没有办法，只好暂时在河边住下来。他天天带着孩子到河边张望，孩子们思念母亲，盼望早日见到她，就天真而倔强地对父亲说："爹爹，我们用这水勺舀干天河的水！"牛郎虽然不相信水可以舀干，但还是接受了孩子们的建议，三个人就一勺一勺地舀起天河的水来。

这水一泼到人间，就是一场倾盆大雨。天帝跟王母娘娘一看，这样下去恐怕会造成大灾大难，同时，牛郎和孩子们对织女坚贞不渝的爱也感动了铁石心肠的天帝和王母娘娘。于是，他们答应牛郎在每年七月初七的夜晚带着孩子们在天河上跟织女相见。

他们相见的时候，人间的喜鹊都飞来为他们搭桥。夫妻俩就在鹊桥上相会，彼此诉说着离别的痛苦和相思。两人说到伤心处，免不了要流下眼泪，这泪水洒在大地上就成了一阵细雨。

每年七月初七这天，如果天下雨了，妇女们就会同情地说："织女又哭了！"据说，七月初七过后，喜鹊的头上都是光秃秃的没有毛，这就是为牛郎织女搭桥时磨掉的。

七月初七夜晚，牛郎和织女在银河上相会，这个古老的神话传说至今已有两千多年的历史。"牵牛"和"织女"本来都是星名，即牵牛星和织女星。他们由星名而转化成神话传说中的人物，成为一对夫妻，大约是在汉代。较早叙述这个故事的是《古诗十九首·迢迢牵牛星》，诗中描述了织女和牵牛隔着银河遥遥相望的情景，织女一面织着云锦天衣，一面伤心流泪。河水又清又浅，两人相距也不算很远，可是她跟牛郎竟连一句话也搭不上，真是可望而不可即。

汉代以后，这个故事又有了发展。

相传，织女是天帝的孙女，天帝可怜她一个人生活孤单，就把她许配给河西的牵牛。织女自从嫁给牵牛之后就变得懒惰了，中断了织锦。于是，天帝发怒了，责令她与牵牛分开，让她回到河东，每年只准她在七月初七的晚上和牛郎相会一次。每到这天晚上，天下的喜鹊都要飞到银河上去为他们搭桥，这座桥便被称为"鹊桥"。

随着牛郎织女悲剧传说的产生，七夕（七月初七的夜晚）在民间也成了一个节日，形成了一种风俗。每到这天晚上，人们都要向这一对患难夫妻表示同情和祝愿，妇女们还要向织女"乞巧"，因为她是天上巧于织造的女神。

七仙女与董永

传说，汉朝的时候，淮南住着一户贫苦人家，父子俩相依为命，儿子名叫董永。董家靠租种地主傅员外家的两亩薄地维持生活，父子二人早出晚归，辛辛苦苦，遇到风调雨顺的年景，打下的粮食除了交租，还可以勉强糊口。

不料，这一年大旱，秋后颗粒无收，地主催租又逼得紧，老汉一急之下便病倒了。董永是个孝子，他想方设法给爹爹四处买药，可是当他提着草药回到家中时，老父亲已经咽了气。

董永心中悲痛万分，眼下他手中分文皆无，拿什么去给父亲买棺木呢？他想来想去只有一条路，就是卖身葬父。于是，他请人去跟傅员外说，只要傅员外帮助他埋葬了老父，他愿在傅家做三年苦工。傅员外知道董永身强力壮，想趁此机会找个好长工，便答应了董永的要求，董永就签下了卖身的契约。

董永埋葬了父亲，三日之后便到傅员外家上工。他一路上痛苦不堪，愁眉紧锁，不住地长吁短叹。他走着走着，看

见眼前有一棵老槐树，树下有个土地庙，便想在这里坐下来
歇歇脚。

　　董永刚要坐下，就见有个衣着朴素、容貌美丽的姑娘朝
老槐树走来，站在他的身旁。这个姑娘正是玉帝最小的女儿
七仙女。董永有些局促不安，沉默了一会儿，姑娘首先开口
道："这位大哥要到何处去？"

"去那傅员外家做苦工。"

"看大哥老实忠厚，为何要到傅家做苦工？"

"我乃贫苦人家，老父故去，我无力埋葬，是那傅员外借钱与我葬了父亲。今去卖身抵债，要做三年苦工啊！"董永说完，叹了一口气。

"大哥真是苦命之人，比小妹我还要苦呢！"姑娘说着，流下了眼泪。

"大姐为何而悲伤？"董永问。

"我的母亲去世了，爹爹娶了后妻。继母欲将我卖给商人为妾，我逃了出来，故而悲伤。"

"你我二人都是苦命之人啊！"董永叹息道。

"小女子已无家可归，不知大哥可肯收留，同我结为百年之好？"

"大姐此言差矣。"董永忙说，"你我素不相识，既无父母之命，又无媒妁之言，怎能私下婚配？"

"大哥何必固执？你若嫌无媒，我就请这老槐树做媒，请土地爷主婚，如何？"

"老槐树如何能做媒？土地爷如何能主婚？"董永不解地问。

"你可问老槐树三声：你愿意为七姐和董永做媒吗？老槐树如果答应三声，就是愿意。你问过老槐树，再去问土地爷。"

于是，董永上前问老槐树："老槐树，你可愿意为我们做媒？"

老槐树突然开口说："七姐配贤郎，美满世无双。愿意，愿意！"

董永一连问了三遍，老槐树回答了三遍。

董永又去问土地："土地爷，你可愿意为我们主婚？"

土地爷说："织女配牛郎，一对金凤凰。愿意，愿意！"

董永一连问了三遍，土地爷回答了三遍。

这天晚上，董永和七仙女就在老槐树下结成了夫妻。

董永与七仙女结成夫妻，双双到傅员外家去上工。因为董永原来的卖身契上写着"无牵无挂"，现在凭空多了一个女子，傅员外故意刁难他，不肯收留他们。经过董永夫妇的一再恳求，傅员外答应了，但是他提出了一个苛刻的条件：限董永夫妇当天夜里织出十匹云锦，如果他们织得出来，三年的长工就改为百日，如果织不出来，三年之后就再加三年。

七仙女爽快地答应了，董永却焦急万分。晚上，董永愁眉苦脸地坐在灯前，心想："一夜之间，不要说织出十匹云锦，就是一匹也织不完啊！一旦织不出来，三年长工做满之后，还要再加上三年。"他越想越觉得可怕，心中暗暗埋怨妻子答应了傅员外的条件。可是，七仙女一点儿也不着急，她叫丈夫放心去睡觉，她自有办法。

　　夜深人静时，七仙女在屋子里点起一炷下凡时姐妹们赠送的"难香"。天上的众仙女闻到香味，知道小妹妹在人间遇到了难处，顷刻之间便来到了傅员外家。她们听了小妹妹的述说，就一起动手干起来。这些天上巧手的姑娘是擅长织造的仙女，还没等到天亮，她们就把十匹绚丽多彩的云锦织出来了。

　　第二天早晨，董永看见这十匹美丽的云锦又惊又喜，心想自己的妻子莫非是神仙吧！他们抱着十匹云锦给主人送去，傅员外也大为惊异，只好把三年的工期减为百日。

　　期满后，夫妻俩高高兴兴地回到自己的家中。这时，七仙女才告诉董永，说自己是天上下凡的仙女，还说他们将要有一个孩子了，董永听了更加欢喜。从此，夫妻俩男耕女织，相亲相爱，过着幸福的生活。

　　后来，天上的玉帝终于查出小女儿私下凡尘跟董永结为夫妻的事，不禁勃然大怒。他命使者来到人间传下圣旨，叫七仙女务必在午时三刻返回天庭。如有违抗，他定派天兵天将捉拿问罪，并将董永粉身碎骨。

　　天庭的钟声响了，午时三刻到了。七仙女为了不使丈夫遭到杀害，只好在他们定情的那棵老槐树下，忍痛跟董永告别。董永哭天喊地，悲痛欲绝。他上前问老槐树："老槐树啊老槐树，你说我们是仙女配贤郎，美满世无双，今天为何有人硬要把我们分开？老槐树，你怎么不开口啊？"

可是，那老槐树任董永喊一千声唤一万遍，也没有应答，竟变成了哑巴木头！

董永又跪在土地庙前喊道："土地爷呀土地爷，你说过我们是一对金凤凰，愿意为我们主婚。如今为何有人硬要把她逼回天庭？土地爷爷，你要给我们做主啊！"

可是，那位笑眯眯的白胡子老头竟连一声也不敢吭，成了一个哑巴人！

临别时，七仙女流着泪和董永约定说："来年碧桃花开日，槐荫下面把子交。"说完，她便被凶恶的天神捉走了。

董永向前追赶几步，扑倒在地下。一对恩爱夫妻就这样被残酷地拆散了。

白娘子和许仙

白娘子与许仙的故事，是个古老而优美的神话传说，早在南宋时就广为流传了。

游湖借伞

相传，在四川峨眉山的一个山洞里，住着两条修炼千年的蛇精，一条是白蛇，一条是青蛇。两个蛇精耐不住洞中的寂寞，向往人间男婚女嫁的幸福生活，便瞒着她们的师父黎山老母，在一年清明节的前夕化作了两个美丽的姑娘。

白蛇变成了一个小姐，取名白娘子，她长得真漂亮，就像一朵刚刚出水的芙蓉；青蛇变成了一个丫环，取名叫小青，她英姿飒爽，就像一株亭亭玉立的翠竹。白娘子和小青驾起云朵，一直朝东方飞去，飞到了号称人间天堂的杭州，在城内租了一家宅院暂住下来。

清明节这天，白娘子和小青来到西湖游玩。这是个晴朗明媚的日子，湖边人来人往，熙熙攘攘。白娘子和小青玩了一会儿，他们来到断桥旁，看见有个后生正倚着桥栏向远处眺望。

白娘子仔细看那后生，见他身材中等，相貌忠厚，生得眉清目秀，心里十分高兴，不禁对他一见钟情。她看了小青一眼，小青会意地笑笑说："姐姐放心，让我略施小计，保管他送上门来。"

小青的话音刚落，只见从西北方飘来一块乌云，天上淅淅沥沥地下起雨来。那后生急忙到湖边雇了一条船，准备回到城里去。这时，他忽然看见两个丽人向岸边跑来，一个丫环模样的姑娘边跑边说："船家开慢些，能让我们搭搭船吗？"

船家说："这船是相公自己雇的，要往钱塘门去。"

姑娘说："雨越下越大，我们两个女流之辈，又未带伞，请老人家行个方便吧！"

后生听了，从舱口探出头来问："二位大姐要到哪里去？"

姑娘说："我们到太平桥上岸。"

后生说："那倒也顺便，请二位大姐上船一同回去吧。"

白娘子和小青登上了船，连连向后生道谢。

小青说："承蒙公子美意，我俩深感大恩，不知相公尊姓大名？"

后生说："我姓许，因为小时候在断桥边遇到过神仙，家父就给我取名叫许仙。"

白娘子和小青互相看了一眼，两个人都笑了。白娘子又问许仙家住在哪里，许仙说："自从父母亡故之后，我独自一人寄住在钱塘门的姐姐家，同时在王员外的药店里当伙计。"

小青听了之后，拍着手笑道："太巧了，太巧了！我家小姐也是个落难千金，和你一样无依无靠，四处飘零。看来你们二人同病相怜，正是天生一对啊！"这一席话说得许仙红了脸，白娘子也低下了头，两人却又暗中偷偷相望。

太平桥到了，雨仍下个不止。小青说："许相公，我想借你的宝伞一用，免得小姐淋湿了衣服。明天上午，请您屈驾到宅上来取，我们小姐也一定会感激你的。"许仙自然满口答应了，小青二人留下地址，下船而去。

第二天，许仙按时到了白娘子的府上，小青热情接待，并准备了酒席为他接风。席上，白、许二人含情脉脉，笑语融融，小青主动提出为二人做媒，二人遂结为伉俪。戏文里称这段故事为"游湖借伞"。

端午现形

许仙和白娘子成亲以后，就不在姐姐家寄住了。小两口经过一番商量，决定带着小青，离开杭州搬到镇江，开一个"保和堂"中药店，借以谋生。

自从药店开张以来，小两口一个开处方，一个撮药，配制了许多丸、散、膏、丹，为贫苦的百姓解除病苦。每天，前来求诊、讨药的人，络绎不绝。

端午节临近了，镇江人也和北方人一样，家家忙着包粽子，还在门前插起菖蒲艾叶，在地下洒上雄黄药酒，据说这样可以驱鬼避邪。许仙正在店中料理生意，忽听门外传来木鱼声，抬头一看，原来是金山寺的老和尚法海。他身披大红袈裟，坐在蒲团上闭目念经。许仙连忙上前行礼，并捐了十两纹银给他，作为布施。

那老和尚抬头一看，不禁惊讶道："施主，我看你面带妖气，一定是被妖精所惑。"许仙听了老和尚的话，也有点儿半信半疑，可是他又想，妻子对自己一片真心，体贴入微，怎么可能是妖精呢？就没有将法海的话放在心上。

端午节这天，许仙让小青做了几样精致的小菜，自己烫了一壶雄黄酒放在桌上。他斟了满满的两杯酒，一杯留给自

己，一杯递给白娘子。白娘子接过酒杯，闻到一股雄黄的气味，觉得浑身有些发抖，心里说不出的难受，便对许仙说："我身子不适，不能陪你喝，你自己喝吧。"

许仙听妻子说身体不适，马上取来一只小方枕，垫在白娘子的手腕下面，给她把脉。他按了左手又按右手，摇摇头说："没有病，没有病，你哄我！"

白娘子微微一笑说："我也没说生病呀，我是怀了身孕呢！这酒里有雄黄，我怕是喝不得。"

许仙听说自己要当爹了，乐得合不上嘴，就说："喝得，喝得！这雄黄酒能驱妖避邪，安神保胎，你该多喝两杯才是！"

白娘子怕许仙起疑心，就凭着自己修炼千年的功夫，硬着头皮喝了一口雄黄酒。哪知，酒一落肚，她立刻发作起来，只觉得头昏眼花，浑身瘫软，坐也坐不牢了。白娘子有气无力地说："我有点儿头晕，想回房中躺一会儿。"说完，她被小青搀扶着慢慢走开了。

许仙一个人坐在桌旁，吃不下也喝不进，心里总惦记着妻子。不一会儿，他也来到了内室，撩开帐子一看，白娘子已经无影无踪，只见一条碗口粗的白蛇盘在床上。许仙吓得大叫一声，他向后一仰，跌倒在地下，竟气绝身亡了。

盗仙草

小青正在楼下的药房里应付顾客，忽听许仙在楼上大叫一声。她急忙跑到楼上一看，啊呀！许仙死在了床前，白娘子的原形还盘曲在床上。她赶紧推着白蛇的头喊叫："姐姐，姐姐，快醒醒，快醒醒！"

白蛇吐了一口气，慢慢睁开了眼睛，才又恢复了人形。白娘子见许仙死在了床下，就大哭起来，一面哭一面说："都怪我不小心现了原形，吓死了官人。我真该死，我真该死！"

小青说："姐姐不要哭了，快想个办法救活他呀！"

白娘子摸摸许仙的心口，发现还有一丝热气，就说："只有嵩山南极宫中的灵芝仙草才能救活相公。我要去盗仙草，搭上性命也要把相公救活！"

白娘子和小青把许仙抬到床上，她叮嘱小青好好看护，自己换了一身紧身的衣裤，背后插了两把宝剑，双脚一跺，驾起了一朵白云，直向嵩山飞去。

白娘子来到南极宫门前，见鹿童正横在门口睡觉，就悄悄地从旁门飞了进去。在一座青烟缭绕的小山上，白娘子找到了形似云朵、开着紫色小花、远望似有灵光闪闪的灵芝仙草。她把仙草揣在怀里，又悄悄走出了宫门，正欲飞走时，不料鹿童忽然惊醒，他喝道："你是何方妖怪，竟敢闯入府中，私盗仙草，该当何罪？"

白娘子说："仙兄息怒，小妹乃黎山老母之徒，因丈夫命在旦夕，非仙草不能救治，特来贵府祈求。望大哥行个方便，常言道：救人一命胜造七级浮屠。即使南极仙翁回来也不会责怪大哥，他老人家一向是以慈悲为怀的。"白娘子说着就跪在了地下，苦苦哀求，泪落不止。

鹿童也动了恻隐之心，便说："我念你救丈夫的一片诚心，放过你，你快些离开，鹤哥回来你就难脱身了！"

白娘子谢过鹿童，刚要驾云飞走，忽听背后有人叫道："妖女休走，我鹤仙在此！"

白娘子听了吓得浑身发抖，因为鹤是蛇的天敌。她只好抽出双剑迎敌，边打边诉说自己盗仙草救丈夫的苦衷，可是那白鹤童子说什么也不肯放过这个蛇精。白娘子长途跋涉，且有孕在身，打着打着，渐渐体力不支，被白鹤一口啄落在凡尘，现出原形。

当白鹤伸着长长的嘴巴正要吞蛇时，只听背后有人叫道："鹤童住口！"白鹤回头一看，原来是师父南极仙翁。

师父说："念她对丈夫的一片真心，放她回去吧！有道之人，当处处以慈悲为本。"

白鹤童子听了师父的话，只好放了白娘子。白娘子这时才又恢复了人形，她谢过仙翁的大恩，带上仙药，驾起云头，霎时回到了家中，然后和小青急急忙忙地煎好仙药。

小青说："姐姐，许官人吃药醒来后，一定会想起你现形的事，如何解除他的疑心才好？"

白娘子附在小青的耳边说了个主意。

小青笑嘻嘻地说："姐姐妙计。"两个人把许仙扶起来，给他喂了药。过了一会儿，许仙长长地吐了一口气，慢慢睁开了眼睛。白娘子和小青高兴地说："官人醒了，谢天谢地！"

许仙忽然瞪起眼睛，看着白娘子，大声叫道："你，你，你是妖怪，快出去！"

白娘子说："官人听我说，你看见的那条白蛇，已经被我斩成七段，扔在了院子里。你若不信，可以去看看。"

白氏和小青扶着许仙来到院中，他果然看见一条大白蛇被斩成了七段，许仙这才放了心。原来，这是白娘子使用的障眼法，她叫小青取出一条白色汗巾，对它吹了一口气，它霎时就变成了一条白蛇，白娘子用宝剑将其斩成七段。

回到房中，白娘子向丈夫诉说了盗仙草的经过，许仙很是感动，便说："娘子为了救我，历尽千辛万苦，待我病体复原，一定好好报答娘子的大恩。"

从此，夫妻俩又过上了幸福和睦的生活。

许仙被骗入山门

许仙病好之后，一天正在店中炮制草药，料理生意，忽听门外传来念经声。他抬头一看，原来又是金山寺的和尚法海，便连忙起身让座，送上香茶，问道："大师今日光临小店，有何见教？"

法海说："施主，我看你满面妖气，定是被妖精所惑，如不及早防治，将会丧命九泉。"

许仙是个耳根软、没有主见的人，他问："大师可有什么妙方治我的怪病？"

法海说："七月十五金山寺要做盂兰盆会，到时候你来烧炷香，求菩萨保佑，便会免除灾祸了。"

许仙觉得这个办法很好，就送给他一串铜钱，在化缘簿上写下了自己的名字。法海临走时，再三叮嘱许仙不要忘了日子。

转眼间，七月十五到了。这天，许仙换上一身干净的衣服，对妻子说："娘子，今天金山寺盂兰盆会，我想前去烧一炷香，感谢神佛的保佑。"

白娘子说："去吧，我怀有身孕，不能陪你同去，望官人速去速归。"

许仙来到金山寺，见大雄宝殿上香烟缭绕，善男信女络绎不绝。他进上香，磕了头，就被法海带到了禅房里。法海说：“施主呀，你来得正好，今天我如实告诉你，你的娘子是个妖精！”

许仙听了有些不高兴，便说：“大师不要乱说，我娘子好端端的，怎么会是妖精？”

法海笑笑说：“施主的心窍已被妖精迷住了。老僧一眼就看出你娘子是白蛇变的。”

许仙一听“白蛇”两个字，忽然想起端午节那天发生的事情，不觉心里一惊。

法海乘机说：“你生来与佛门有缘，本应皈依净土，不料偏偏被妖怪迷惑，落入她的手中！许官人，你切不可执迷不悟，不如就此拜我为师，削发为僧，跳出三界外，不在五行中，日后得成正果，岂不更好？”

许仙心想：“娘子与我相亲相爱，对我情深似海，恩重如山，即便她是白蛇，也不会伤害我的。况且她有孕在身，不久就要临产，我怎么能丢下她不管，出家当和尚呢？”

可是，专横顽固的法海和尚不管许仙答不答应，硬是把他扣押在寺中。七月十五这天晚上，许仙没有回来，白娘子的心里犯了嘀咕，一夜没有入睡。

第二天、第三天还不见官人回来，白娘子知道凶多吉少，心里更加不安了。等到第四天，白娘子再也耐不住性子了，就和小青划了一条小舢板，到金山寺去寻找丈夫。

水漫金山

白娘子和小青来到金山寺门口，碰到一个小和尚，便向他打听："小师父，你知道有个叫许仙的在寺里吗？"

小和尚想了想说："有，有个许仙。听法海大师说他娘子是个蛇精，大师劝他出家当和尚，他不从，大师就把他关起来了。"

小青听得火冒三丈，冲着小和尚说："我们就是来找许仙回家的，你去叫法海那老和尚出来，我们有话和他说！"

小和尚一听她们是来找许仙的，吓得脸色煞白，浑身发抖，一边喊着："妖精来了，妖精来了！"一边连滚带爬地跑回寺里，向法海和尚报告。

法海知道，两个女子寻上山来，必有一场恶斗，于是他披上袈裟，带上青龙禅杖，手里拿着金钵，来到了门外。白娘子见法海从寺中走出来，赶紧上前施礼请安，说："出家人以慈悲为本，请老禅师放我丈夫下山，好使我们夫妻团圆。"

法海听了，冷笑着说："大胆妖蛇，你竟敢找上佛门！那许仙已经拜我为师，削发为僧了。"

白娘子说："官人从未提过出家之事，即使他真想遁入空门，也应向妻子说明原委。请老禅师叫他出来，我要当面问个清楚。"

法海摇着脑袋说："他不愿意出来见你，老僧无能为力。你二人的真形，老僧已经知道了。你端午现形，已经把他吓坏了，不要再纠缠他了。"

"老禅师可曾晓得，自结连理之后，我对夫君知寒知暖，爱护备至，只有恩爱，毫无恶意。端午现形后，也是我拼着性命盗来仙草，将他救活。老禅师是有道之人，切不可把一对好端端的夫妻拆散。"白娘子说完，又上前深深施了一礼。

法海一时无言答对，只好说："是妖精就一定会害人！快快走开，我放你一条生路，不然的话，莫怪老僧不客气了！"

站在一旁的小青越听越冒火，冲着法海骂道："你这和尚，人家一对恩爱夫妻被你活活拆散，你还自称慈悲为本，我看你才是真正的害人精！"

小青说着，拔出宝剑就向法海刺去。法海举起禅杖和小青打在一起，白娘子也拔剑参战。三个人你来我往，打得难解难分。

那法海的青龙禅杖是一件宝物，劈下来就像泰山压顶一般。白娘子有孕在身，渐渐觉得招架不住，小青道术尚浅，更不是法海的对手，两个人便虚晃一招，退下阵来。

白娘子和小青跳上小舢板，商量了一番，决定暂停力取，改用水攻。只见白娘子从头上拔下一个金钗，迎风一晃，立即变成了一面小令旗，旗上仿佛荡漾着水纹波浪。小青接过令旗，举在头顶摇了三摇，霎时就见滔滔江水滚滚而来，虾兵蟹将成群结队一齐向金山寺涌去。

可是，那站在山顶的法海并不惊慌，只见他脱下身上的袈裟，用手向空中一抛，袈裟随风飘展，转眼间就把个金山盖得严严实实。更奇怪的是，水涨一尺，山也跟着涨一尺，水涨一丈，山也涨一丈，大水总是漫不过金山。

白娘子见胜不了法海和尚，只得叫小青收了兵。她们在镇江无法安生，便又回到了杭州。

断桥相会

大水退去之后，法海对许仙说："许施主今日见此大水，可知老僧说你娘子是蛇妖的话并非谬言。你今后应斩断

情丝，诚心皈依我佛，铲除妖怪，方能修成正果。"

许仙说："老禅师将大水退去，果然佛法无边。不过，白氏二女虽是蛇妖，却对我恩重如山，不曾伤害我一根毫毛。还望老禅师以慈悲为本，不要加害她们。"

许仙被关在金山寺里，死活也不肯剃光头发当和尚。他被关了些日子，终于找了个机会逃跑了。他回到保和堂药店，见楼内空空，白娘子和小青不知去向，便伤心地流下了眼泪。他担心法海和尚再来找麻烦，就悄悄关了店门，回到杭州去投奔姐姐。

一个晴朗的夏日，许仙又信步来到西湖的断桥边。湖面上波光粼粼，荷花正艳，一只只游船漂来荡去。看到船上那一对对幸福快乐的男男女女，许仙忽又想起自己的妻子和小青，不禁伤心泪下，心中默默念道："娘子呀，你到哪里去了？"

这时候，有一条小船正缓缓向断桥驶来，船上坐着两个年轻美貌的女子，正是白娘子和小青。小青一眼就看见了站在桥头的许仙，她欢快地叫道："姐姐，你看那是谁？"

几乎是同时，许仙也看见了船上的白娘子和小青。他又惊又喜，大声喊道："娘子靠船，许仙在此。"

小青扶白娘子上了岸，夫妻俩又在断桥相会了。两个人诉说着离别后的愁苦和思念，真是悲喜交集，不禁流下了眼泪。

白娘子略带责备的口气对许仙说："官人哪！那日你

到金山寺去，我叮嘱你快去快归，千万不要见法海和尚。可是，你受那和尚迷惑，一去不返，累及我姐妹二人跟他一场恶斗，全不念为妻身上怀着你许门的后代！幸亏我二人逃得快，不然性命也难保了！"

许仙低着头，面带愧色地说："我因不听娘子的良言相劝，被法海和尚强行留住，引起这场争斗，伤害无数生灵，也连累了娘子和小青妹妹，真是罪该万死。"

白娘子又说："那法海和尚说你不再念恋红尘，情愿出家为僧，你如果真想遁入空门，也应该和为妻说个明白呀！"白娘子说着，又流下了眼泪。

许仙听白娘子说到这儿，心里更加不安了，连忙解释道："娘子待我一片深情，我许仙并非木石，岂能不知？那次上山，是法海将我关了起来，不让我回家，硬逼我当和尚。我百般不答应，最后才找机会逃了出来。希望娘子宽恕！"

经过许仙的一解释，白娘子终于破涕为笑，原谅了丈夫。于是，三个人坐上小船，划到钱塘门上了岸，仍旧寄住在许仙姐姐的家里。

收钵

时间过得真快，转眼间几个月过去了，白娘子在许仙的姐姐家生下了一个白白胖胖的小娃娃。这孩子刚生下来就睁开了又黑又亮的眼睛，哭声也异常响亮。人们都说，这孩子将来一定会有出息，夫妻俩和小青都乐得合不上口。

孩子满月这天，姑姑许氏给侄儿送来了长命锁。母亲白娘子给爱子绣了个红兜肚。姑姑问给侄儿取个什么大名，许仙说："就叫许士林吧，希望他长大了能跻身于读书人的行列。"大家一听都赞成，说这名字起得好。

许仙正在屋里准备孩子的"满月酒"，忽听有人报告说："许相公，外面有个和尚求见。"

白娘子一听就知道又是法海前来捣乱，就对丈夫说："那老僧心存不善，诡计多端，望官人多加小心。"

许仙说："娘子放心，我不会再上他的当。"

许仙来到门外，一看果然是法海和尚。他身披大红袈裟，右手执着禅杖，左手托着金钵，站在那儿，两眼射出凶光。

法海说："今日老僧奉佛家旨意，前来收服你妻白蛇精。"

许仙说："我妻待我有情有义，又为我生下一个男孩儿承继许氏门庭。我们一家人相亲相爱，过着幸福的生活，老禅师为何要存心拆散一对夫妻？还是请你回到宝刹，是妖是怪不关你的事。"

法海冷笑着说："施主至今仍执迷不悟，那过一会儿就请你看看这金钵如何显神通吧！"法海一边说着，一边不顾许仙的阻拦，闯进了白娘子的住室。

许仙跟在法海身后慌乱地叫道："娘子防备着，法海捉你来了！"

这时，只听见白娘子在屋里大叫一声："官人，不好了！"

许仙进屋一看，只见那金钵正悬在白娘子的头上，发出道道金光，将她团团罩住。

小青扑过去要跟法海拼命，白娘子忙喊道："小青快走，待你日后练好功夫，再来替我报仇！"小青自知斗不过法海，就化作一道青烟从窗口逃走了。

白娘子给爱子带上长命锁，穿上红兜肚，把他紧紧抱在怀里，然后将丈夫唤到跟前，叮嘱他说："官人多多保重，好好抚养孩子！等孩儿长到七岁时，千万要送他去塾中读书，让他做个知书达理的好儿男。等他长大了，要告诉他，他的娘是谁，押在什么地方。"白娘子泣不成声地说完了这些话，就把孩子交给了许仙。

这时，只见那金钵从白娘子的头上慢慢落下来，将她收进钵内。等到许仙惊魂稍定，走到法海跟前一看，只见一条七寸长的白蛇正蜿蜒在钵里。

法海说："施主不必悲伤，此蛇镇在雷峰塔下，并不会死去，只是在塔底修炼，多受一点儿风霜之苦，轮回一到，她仍可飞升仙界，遨游天地。"说完，他一撒手，那金钵便飞了出去，一直飞到雷峰塔的下面，被镇在塔底。

但法海仍不放心，自己便在净慈寺里住下来，看守着白娘子。

复仇

且说小青听了白娘子的话，化作一缕青烟逃出许家之后，一口气飞回到峨眉山的蛇仙洞。她在洞里修炼功夫，一炼就是十八个年头。看看自己的本领差不多了，她就又化作一缕青烟飞回杭州来，寻找法海和尚报仇。

一天，小青来到净慈寺门前宣战。一个小和尚慌忙进去向法海禀报说："外面有个身穿青衣背插双剑的女子，口口声声叫师父出去答话。"

法海听了凝神一算，知道来者定是小青，便披上了大红袈裟，拿起禅杖，走出寺外。法海用禅杖指着小青说："妖蛇，莫非你也活得不耐烦了，叫老僧把你镇在山下！"

小青高声叫道："老贼休要口吐狂言，小青今日是来找你报仇雪恨的！"说着嗖地抽出宝剑，直向法海的头颈劈去。

法海急忙举起禅杖相迎，两个人在净慈寺前斗在一起。小青和法海一连战了三天三夜，杀得天昏地暗也未见胜负。法海心想，经过十八年的修炼，小青的剑术已经今非昔比了，真正达到了出神入化的境界，他单凭禅杖是很难取胜

的。可是，那件从如来佛那儿偷来的宝物金钵早就压在雷峰塔下面了，还有什么好办法能降伏这个蛇精呢？想到这里，法海的心中未免有些慌张。

小青复仇心切，越战越勇，法海渐渐招架不住。就在这时，只听轰隆一声巨响，雷峰塔突然坍塌了！白娘子从塔里跳了出来，也嗖地抽出宝剑，和小青一起去追打法海。法海斗不过白娘子和小青，只好三十六计走为上策，他将大红袈裟一抖，立刻化作一团黑烟，逃上天空，哀求如来佛祖救命。

如来佛祖早就恨他偷了自己的金钵，在人间为非作歹，岂肯救他。他便在法海的头上轻轻一指，法海当即从空中翻落下来，扑通一声掉进了西湖里。

法海怕白娘子和小青捉住他报仇，就在水中东躲西藏。最后，他将自己的身体一缩再缩，缩成一个一寸来长的小和尚，钻到一只螃蟹的硬壳里，永远不再出来了。

据说，螃蟹原来是直着走路的，自从横行霸道的法海和尚钻到它的肚子里去，它就再也走不直了，只好横着爬行。直到今天，人们吃螃蟹的时候，敲开那坚硬的背壳，还会看见一个和尚模样的小东西横卧在里面，据说那就是法海和尚变的。

柳毅传书

　　唐高宗仪凤年间，有个善良而重义的书生名叫柳毅，家住在湘水之滨。这一年，他应州郡的保举到长安去参加考试，结果榜上无名，只好打点行装，怀着抑郁的心情出了京城。

　　柳毅有个朋友住在泾阳，他想去访一访。当他走到距泾阳不远的地方，忽见一群鸟儿惊叫着飞上天空，他的马也吓得狂奔起来，一连跑了六七里路才停下。这时，柳毅定睛一看，却见一个姑娘正在道旁牧羊。

　　姑娘生得非常美丽，可是不知为什么，穿着一身破破烂烂的衣裳，双眉紧蹙，泪光盈盈，一副不胜哀愁的模样。柳毅是个热心肠的人，他跳下马来，上前问道："这位大姐有什么苦处，这样伤心？"

　　牧羊姑娘见柳毅是个善良老实的书生，就对他说："不瞒相公说，我本是洞庭龙君的小女儿，父母把我嫁给了泾川龙君的二儿子。我的丈夫纵情放荡，被婢女侍妾们迷住了心窍，待我一天不如一天。我把这事告诉了公婆，可是公婆溺爱自己的儿子，对他也不加管束。我说的次数多了，又得罪了公婆，他们便罚我到河边牧羊。"

姑娘说着又流下了眼泪。"公主遭此大难，为什么不回到洞庭龙府中去呢？"柳毅气愤地说。龙女叹口气说："洞庭离这儿不知有多远，天地茫茫，人神阻隔，音信难通，有谁肯帮助我这个落难的女子呢？"

"我的家住在洞庭之畔，湘水之滨，如果公主信得过我，就把信交给我吧！"柳毅有些激动，"我是个讲义气的人，听了你的诉说，全身的气血都涌上来了，恨不能立刻为你报仇，还说什么肯不肯帮助呢！只是那龙宫在水的下面，我是个尘世凡人，不知怎样才能进去，倘若进不去，岂不辜负了公主的委托？"

龙女听了柳毅的慷慨之词，感激地说："承蒙您接受了我的委托，望您一路上多加保重。如果能够得到我父母的回信，我就是死了也一定要报答您的恩情。至于通往洞庭龙宫的道路，我现在可以告诉你了：在洞庭湖的南岸，有一棵大橘树，乡亲们都口叫它'社橘'，树下有口井。相公到达时，把这条绸带系在树上，再朝橘树敲打三下，就会有人从井里出来，领着你进入龙宫。"

柳毅接过龙女手中的书信和绸带，小心地放入行囊。他随口问道："不知你放的这羊有什么用，难道是供神灵宰杀的吗？"

龙女说："这不是羊，是雨工。"

"什么叫雨工？"柳毅好奇地问。

龙女说："就是雷电。"

柳毅转头看那些羊，它们个个都昂着头，走起路来很神气，喝水、吃草的样子也很特别。柳毅又说："我为你送信，以后你回了龙宫，希望你不要躲避我。"

龙女说："我不但不躲避，我还要像亲人一样对待你呢！"

柳毅告别了龙女向东方走去，走了十几步回头一看，龙女和羊群都不见了。柳毅辞别了龙女，快马加鞭走了一个多月，终于来到洞庭湖边。

在洞庭湖的南岸，他果然看见一棵大橘树，树下有口井。他把龙女给他的红绸带系在树上，然后用手敲了三下。不一会儿，一个武士从井里走出来，向他施礼道："贵客从何处来？"

柳毅不肯告诉他实话，就说："我要去拜见龙王。"

武士便用手分开水，带着柳毅进了洞庭湖，并告诉他说："闭上眼睛，一会儿就到了。"

柳毅跟着武士转眼来到龙宫。他睁开眼睛一看，眼前是一座宏伟壮丽的宫殿，全都用白玉砌成，晶莹明澈，光彩照人。往远处看，只见亭台楼阁重重叠叠，千家万户次第打开，珍贵的树木和奇异的花草随处可见，更有那三三两两的虾兵蟹将在游来荡去。

柳毅问这是什么地方，武士告诉他这是灵虚殿，然后让他在殿外稍候。过了一会儿，武士出来说："龙王召你进去。"

柳毅来到大殿里，见正中坐着一位身穿紫色龙袍，头戴平天冠的老人，心想这一定是洞庭君了，于是上前施礼，呈上龙女托他送来的书信。

洞庭君看着看着就流下了眼泪，他用衣袖遮住脸，哭着说："这都是我做父亲的罪过啊！我把小女轻许他人，嫁到远方，遭受这样的不幸和痛苦。您一个过路之人，却能急人之难，我怎能辜负您的恩德呢？"

洞庭君说完，命人把信送到后宫去。过了一会儿，后宫里传出一片号啕声。洞庭君有些惊慌，忙吩咐人告诉夫人不要哭出声来，他害怕让钱塘君知道了。

柳毅问："钱塘君是谁？"

洞庭君回答说："是我的弟弟，他过去做过钱塘龙宫的君王。"

柳毅问："为什么不让他知道呢？"

洞庭君说："他性情暴烈，勇武过人。上古尧帝遭受的九年洪水泛滥之灾，就是他一时发怒造成的。近来，他又跟天宫的将领闹了别扭，发起大水淹了五岳……"洞庭君的话还没说完，忽然传来一声天崩地裂的巨响，连宫殿也被震得摇晃起来，殿内外弥漫着紫色的云雾。

不一会儿，只见一条身长一千多尺的红色巨龙，眼里闪着电，口中喷着火，拨开云雾向远处腾飞而去了。柳毅吓得趴在地下不敢动弹。

洞庭君亲自把他搀扶起来，对他说："不要害怕。这条火龙就是我的弟弟钱塘君，他方才知道了侄女受苦，一定是搭救她去了。"

柳毅觉得自己传书的使命已经完成，又害怕再见到钱塘君那凶恶的样子，就请求洞庭君派人送他回到岸上去。

洞庭君说："您是我们的恩人，我怎能随随便便让您走呢？请放心留下，好让我稍微对您尽一点儿感激的情意。钱塘君飞走时发了怒，回来时就不是这样子了。"于是，他命仆人安排酒宴招待柳毅。洞庭君频频举杯劝酒，向他表示感谢。

大家正在开怀畅饮时，只觉得一阵和风徐徐吹来，天上的彩云翩翩飘过，洞庭君忽然拉起柳毅的手说："看，钱塘君把我女儿救回来了！"柳毅举目望去，只见云端坐着一位威风凛凛的将军，他身旁站着衣衫褴褛的龙女，两人正缓缓降落下来。

第二天，洞庭君又在凝碧宫宴请柳毅。亲戚朋友们都来了，宫殿里洋溢着喜庆的气氛。钱塘君身披紫色的衣袍，神采奕奕地站在洞庭君的左边。

洞庭君对柳毅说："这是我弟弟钱塘君。"

柳毅忙站起来向他施礼，钱塘君也连连施礼答谢，并对柳毅说："我侄女在远方遭到不幸，多亏了您崇高的道德和义气才把她救出火坑，我们真不知如何向您表达内心的感激。"

柳毅连连作揖，说："不敢当，不敢当。"

这时，殿堂里又传来一片细乐之声，十几个美女款款而来，在席前翩翩起舞。其中有一个姑娘身上缀着闪闪的明珠，丝绸的衣裙随风飘动，显得格外美丽动人。待她走近跟前一看，原来正是托柳毅捎书的龙女。

她像是很高兴，又像是有点儿悲哀，两眼含着泪水，深情地望着柳毅。红色的烟雾萦绕在她的左边，紫色的云气飘拂在她的右边，在香气缭绕之中，她又缓缓回到宫中去了。

人们尽情欢畅，酒兴正浓时，洞庭君就拍打着座席唱起来：

上天苍苍啊，大地茫茫。

人各有志啊，不可思量。

遇到君子啊，情深意长。

令我亲骨肉啊，回到故乡。

这救命之恩啊，何时能忘！

洞庭君唱完了，钱塘君也鞠了一躬，接着唱道：

上天都安排好了，生死各有归宿。

她不该做妻子啊，他不该做丈夫。

龙女内心遭受痛苦啊，在那泾水的深处。

风霜挂满了鬓发啊，雨雪打湿了衣衫。

多亏尊贵的君子啊，使得骨肉团圆。

永远珍重这情意啊，时刻不能忘记！

钱塘君唱完，跟洞庭君一起举杯，向柳毅敬酒。柳毅恭恭敬敬地接过酒杯，喝完之后，向二位龙君各回敬了一杯酒，也唱道：

碧云在天空慢慢飘啊，泾水永远向东流。

为美人的不幸悲伤啊，雨也哭来风也愁。

一封书信从远方捎来啊，解除了龙君的担忧。

冤屈终于得到昭雪啊，一家人团圆乐悠悠。

承蒙您的殷勤款待啊，感谢这些美味珍馐。

自己家里空荡清冷啊，我不能在这里久留。

想要告辞离去啊，恋恋不舍心中忧愁！

柳毅刚唱完，大家都为他欢呼喝彩。于是，洞庭君拿出碧玉箱，把能够分开水的犀牛角放在里面；钱塘君又拿出红珀盘，把夜明珠放在里边，然后二位龙君把箱和盘捧起来送给柳毅。柳毅推辞不掉，只好接受了。

后宫的人们也都纷纷把丝绸珠宝投向柳毅，柳毅连连作揖致谢。酒宴结束后，柳毅仍旧回到寝宫休息。

第三天，龙王又在清光阁宴请柳毅。席间，钱塘君对柳毅说："我有几句心里话想讲给你，不知你是否愿意听？"

柳毅说："请讲。"

钱塘君借着酒兴说："吾兄洞庭君的爱女，是个又贤惠又美丽的姑娘，家族亲戚没有不夸奖她的。她不幸嫁给了一个混账东西，受了坏人的欺负。现在，我已经把那个无情无义的小子吃掉了，他们算是彻底断绝了夫妻关系。我打算把侄女嫁给你这个品德高尚讲义气的人，让龙女有个好的归宿，不知你意下如何？"

柳毅很严肃地站起来对钱塘君说："我是个读书人，为公主传书不过是同情她的遭遇，尽一个正直人的义务罢了，别无他求；如果我答应了这门亲事，岂不玷污了我的人格？况且，我不过是一个凡间的穷书生，如何配得起龙宫的公主呢？"

钱塘君听了柳毅的话，深感他是个施恩不图报的义士，便说："刚才我说得太冒昧，得罪了你，望君宽恕。"

二人尽欢而散，成了知心朋友。柳毅临行这天，洞庭君的夫人单独在潜景殿为他饯行。她的男女仆人都参加了宴会。夫人给柳毅斟上一杯酒，流着泪对他说："我们一家人蒙受君子的厚恩，只恨还没有来得及在您面前表一表我心中的谢意就要分别了。"

夫人又叫龙女在酒宴上拜见柳毅，再一次向他表达感激之情。龙女双手捧起一杯美酒，含情脉脉地送到柳毅跟前，似嗔似怨地说："小女子永远不会忘记柳相公的大恩大德，愿相公多多保重。今天分别，不知以后可有再见面的日子？"龙女说完，忍不住流下了眼泪。

柳毅看见龙女今天身着纱裙，头戴玉簪，眉似远山，目含秋水，令人想起神话里的碧波仙子。昨天他激于一时义气，拒绝了钱塘君提出的婚事，今天面对老夫人和龙女的这番情意，他心里不禁有些后悔。

柳毅双手接过酒杯说："多谢公主厚意。区区之劳，不足挂齿。愿公主多多珍重，后会有期。"说完，他便一饮而尽。龙女那一双明澈的眼睛一直在注视着他。

临行时，夫人又送给他许多珍珠和碧玉，自然都是极不寻常的无价之宝。柳毅仍旧按照来时的路线回到岸上去，当他走出井口时，发现已经有十几个人挑着担子提着包袱在等他。这些人一直把东西送到他的家中才告辞而去。

柳毅回到家中以后，龙女的面容时时浮现在他眼前。她那双哀怨又多情的眼睛仿佛在告诉他：她是深深爱着他的，并不仅仅是出于感激。但是，人神阻隔，他手中已没有了红绸带，不可能再进入龙宫了，只好终日长吁短叹，闷闷不乐。

再说龙女，自从柳毅走后，她饭也不吃，水也不喝，常常背着父母悄悄落泪，埋怨柳毅不理解自己的一片真情。老龙王夫妇眼看着女儿的身体一天天消瘦，精神也越来越恍惚，急得不知如何是好。

冬去春来，转眼间半年过去了。一天，忽然有个人来给柳毅说媒，柳毅也不作声，只是摇摇头，表示回绝。

"柳相公，你不要发傻了！"媒人说，"听说这位姑娘姓龙，是从洞庭湖边上来的，不但千娇百媚，而且能诗善画。她拿来一幅画，上面有一首词，说谁能解得谁就是她的好伴侣。"

柳毅一听姑娘姓龙，又是从洞庭湖边来的，眼睛立刻明亮起来。他急忙接过媒人手中的画一看，上面画着个牧羊女放羊的情景，旁边题着一首词：

青青柳，青青柳，

昔日侠肠今在否？

纵然毅柳依存长条似旧垂，

亦恐早入红酥手。

柳毅见画上的女子果然是龙女，他激动不已，手也有些发抖，心想："多情的龙女啊，你终于来了！"于是，他高兴地应了这门亲事，不久便和龙女热热闹闹地办了喜事。

洞房花烛之夜，柳毅揭去妻子头上的红纱，一看正是龙女。夫妻俩相视一笑，心中感到无限幸福。

"你心里还怨恨我无情吗？"柳毅拉着龙女的手问。

龙女故作嗔怒地瞪了他一眼说："当初你替我传书时，曾叫我回到洞庭后不要躲避你，可是我叔叔跟你提亲，你为什么又拒绝呢？"

"这恐怕是命运的捉弄吧！"柳毅说，"当初我在路旁见你受苦的样子，心里实在不忍，只想替你送信，哪里想到别的呢！让你以后不要躲避我，也是随便说说罢了。后来，你叔叔跟我提亲，我想：我是个讲仁义的君子，怎能杀了人家的丈夫却去娶人家的妻子呢？可是，到了分别那天，我见你对我的感情那样深重，我心里就有些后悔了，只是不便说出来。我俩别后，人神阻隔，虽然朝夕思念，可是不能见面。今天我们终于结为百年之好，相亲相爱，白头偕老，再也没有什么可忧虑的了。"

龙女听了柳毅的话深受感动，欣喜娇羞得低低抽泣起来。过了一会儿，龙女对丈夫说："你不要以为我是龙王的女儿，就不通人情，其实我本来就知道要报答你啊。我们龙的寿命可长达万年，现在我要和你共同享受这永久的美好生活。况且，我们可以自由地居住在陆地上或者水里，想去哪儿就去哪儿，这不是很快活吗？"

柳毅高兴地说："想不到我这个凡夫俗子竟能过上神仙的生活！"

婚后，夫妻二人一起到龙宫去拜见洞庭君夫妇和钱塘君，大家都为这对夫妻终于修成正果感到高兴。

张羽煮海

潮州有个叫张羽的书生，在海滨的石佛寺攻读。

一天夜晚，他优美的琴音吸引来了东海龙女，二人相见后产生了感情。临别时，龙女把一幅用冰蚕鲛绢织成的手帕赠给张羽，叮嘱他以此作为信物，在农历八月十五中秋节那天到龙宫里去求婚。

到了中秋这天，张羽来到东海的沙门岛上，只见大海茫茫，一望无际，白浪滔天，到哪儿去寻找龙宫呢？可是，他并没有知难而退，而是呼天抢地，拜求神灵指引，不分昼夜，一连好几天。

这天，正巧华山毛女仙姑从这儿经过，她在云中俯视下方，见张羽一片痴情，很受感动，就落下云头，来到张羽跟前，赠给他三件宝贝：金钱、银锅和铁杓。她教他把金钱放在银锅里，用铁杓舀海水来煮。锅里的水沸腾了，海水也跟着沸腾；锅里的水煮下一分，海水就落下十丈。

毛女仙姑走后，张羽如法炮制，他刚刚煮了一会儿，大海就像开了锅似的沸腾起来，连龙宫也变得烟焰障天，滚烫难熬。那些鱼鳖虾蟹之类的水族一个个惊恐万状，四处逃窜，生怕被海水煮烂。

龙王急忙命巡海夜叉出去探听缘由，当他知道原因后，只得把女儿琼莲嫁给张羽。于是，他命使臣来到沙门岛上，把张羽迎进龙宫，隆重地为他们举行了婚礼。

粽子和龙舟的传说

我国民间每到农历五月初五端午节这天都要吃粽子，南方的水乡还要赛龙舟。相传，这种风俗原本是为了纪念战国时的伟大诗人屈原。

屈原热爱自己的国家和人民，具有崇高的理想和情操。可是，当时的楚怀王昏庸无能，造成政治腐败，奸臣当道，导致国家多次被秦兵打败，连国都也被秦兵攻破了，人民过着背井离乡的生活。

屈原不忍心看见国家的沦亡和人民的痛苦，就在公元前278年农历五月初五这天投到汨罗江中自尽了。

传说，屈原投江的时候，霎时江上翻波涌浪，天空电闪雷鸣。附近的人们闻讯赶来，纷纷驾起渔船四处打捞，可是打捞了两天两夜也没有找到屈原的尸体。

楚国的人民非常怀念屈原，每到农历五月初五这天，人们都要划着小船来到汨罗江的江心，把米饭投到江中祭祀他。

三年过去了。一天夜晚，江边的人民忽然梦见屈大夫来了，他仍旧是当年的装束：头戴高高的切云冠，腰间佩着一柄长长的宝剑，身上缀满了珍珠和美玉。人们围上去向他问候、行礼。

见他身体孱弱，脸庞清瘦，大家关心地问他："三闾大夫，我们给您的米饭您都吃到了吗？"

屈原叹口气说："谢谢父老乡亲！可是，你们送给我的米饭都被那些鱼虾龟蚌等水族吃了。"

人们急切地问："那要怎么办呢？"

屈原说："如果你们用青青的竹叶把米饭包上，做成有棱角的角黍（即粽子），水族见了以为是菱角，就不敢吃了。"

第二年端午节时，人们便照屈原的话做了粽子。

可是，过了不久，屈原又给江边的人托梦说："谢谢你们送给我角黍，我吃到了一些，可是仍有不少被水族抢去吃了。"

人们问他有什么办法，屈原说："你们可以把船装扮成龙的样子，再把角黍用五彩线缠上，水族便不会吃了，因为水族都由龙王管辖着，五彩线是水族最怕的东西。"

后来，人们便一年年这样做了，也因此留下了端午节吃粽子、赛龙舟的风俗。有的地方端午节还把五彩线缠在儿童的手腕上，说是可以避邪。

当然，关于吃粽子与赛龙舟的风俗，在汨罗江畔还流传着另一种传说。说人们把粽子投到江中给鱼虾吃，叫它们不要吃屈原的尸体；他们把船装扮成龙的样子，可以驱走水中的妖怪，以便把屈原打捞上来。

重阳节的传说

九是阳数，所以人们称农历九月九日为"重阳"，也叫"重九"。古时民间有个习俗，人们在农历九月九日这一天都要去登高、赏菊、饮酒，把这天当作节日来过，即重阳节。那么，这个节日起于何时，又是因何而起的呢？

传说，东汉时汝南人桓景跟有道术的费长房学道。一天，费长房忽然对桓景说："九月九日这天，你家中将有灾难，你赶快回去，让家里人都缝个纱囊，里面装上茱萸，系在手臂

上，再让他们登上高处饮菊花酒，灾祸就可以消除了。"

桓景照费长房说的做了，带领全家人登上了高山。他们晚上回来一看，家里的鸡犬牛羊都死光了。费长房听说桓景家里发生的事情，对他说："这些家禽家畜都是代替你的家人而死的。"

相传，后世的人在这一天登高，饮菊花酒，插带茱萸的习俗就是由此而来的，据说这样可以驱除邪祟，求得吉利。

唐代诗人王维的《九月九日忆山东兄弟》有云："遥知兄弟登高处，遍插茱萸少一人。"大诗人杜甫的《九月蓝田崔氏庄》中亦云："明年此会知谁健，醉把茱萸仔细看。"

可见，重九登高的风俗，自汉唐以来相沿已久。

天女浴躬池（满族）

在长白山主峰下的浩瀚林海中，有一座布库里山，山下有一个不大的圆形水池，池水清澈见底，景色幽美。这就是天女浴躬池。关于这个池，有一段古老的传说。

很久以前，天庭中有三个仙女，大姐叫恩库伦，二姐叫正库伦，三妹叫佛库伦。大姐、二姐都有些胆小怕事，不肯帮助别人，总说多一事不如少一事。佛库伦却心地善良，颇有胆识，只是脾气有点儿倔，好奇心很重。

三姐妹中数佛库伦长得最漂亮，她还有一手好箭法，弓箭总是不离身。天狼星看中了佛库伦，曾托媒向她求婚。佛库伦讨厌仗势欺人的天狼星，拒绝了这门亲事。天狼星怀恨在心，企图带兵行抢，又惧怕她的神箭，只得伺机而动。

在一个春光明媚的日子里，这三位天女顺梯云峰来到长白山麓布库里山下，她们见池水清澈，十分幽静，便脱下衣服洗起澡来。天狼星知道了，便悄悄溜到这里，偷走了佛库伦的衣服。

三个天女高高兴兴地洗完了澡，一上岸就发现佛库伦的衣服没了。大姐、二姐吓坏了，连忙跑回了天宫。佛库伦以为姐姐们会回来送衣服，就蹲在水里等待。可是，大姐和二姐怕父母责怪，谁也没敢提起这件事。佛库伦等了好几天也没见两位姐姐回来，她非常失望。

这时，果勒敏珊延厄真①变成一位白发老人来到池边。他左手举着一个桦木扎成的小排筏，右手拿着一个小梯子，

---

① 果勒敏珊延厄真：满族称长白神。相当于汉语的长白老祖。

对佛库伦说："你想回天宫，很容易，只要把这梯子立起来，马上就能回去了。天狼星正在南天门等着和你结婚呢。他要制造一场人间的战祸。"

佛库伦气得咬牙切齿，说："我宁可永不回天宫，也不跟他结婚！他若胆敢制造人间灾祸，我就除掉它这条祸根，让百姓安居乐业。"

白发老人说："你造福万民的宿愿一定会有人帮你实现的，那我就把这小排筏留下，将来会有用处的。"

佛库伦刚刚接过了排筏，白发老人就无影无踪了。这时，一只喜鹊从林中飞来，嘴里衔着一枚红果，在上空盘旋。当喜鹊飞到佛库伦的头上时，它口一张，把红果丢在她的手里。这红果玲珑可爱，异香扑鼻。她好奇地含在口中，谁料这红果在她口中一滚，竟落入腹内。于是，佛库伦便怀孕了，这下她更没脸面见父母了，也就打消了回天宫的念头。

冬季一到，天气一天比一天冷。当天宫降雪时，天狼星为了逼佛库伦回天宫，就暗中吹起黑风，让寒风和大雪一起扑向长白山。佛库伦被冻得直打寒战，可她宁肯冻僵也不回天宫。果勒敏珊延厄真烧了一盆温水，对一个罗汉①说："你去把这盆温水倒入圆池，那圆池的水就会变温，佛库伦

---

① 罗汉：即年轻小伙子。

就可以在那里过冬了。"

可是，这位罗汉走到山顶，老远看见了赤身裸体的佛库伦，不好意思往前去，就转回身用一只手将水盆从身后递出。为了叫佛库伦前来取水，他大声喊着："朱①——"

由于他倒背着手端盆，盆歪了他也没察觉。佛库伦悄悄走来，一看盆里的水全洒进了山石堆里，盆已经空了。她没吱声，又悄悄地走了。她走到山后，见温水从石缝里流出，汇成了暖流。她就靠这暖流来度过严寒的冬天。

那位罗汉一直不知道，还背着脸站在那里等佛库伦来取水盆呢。时间长了，他就变成了一座山峰。

可是，他始终没忘记果勒敏珊延厄真交给他的任务，所以每遇寒风骤起，他还是"朱——，朱——"地喊佛库伦来取水盆。当宜人的春光又照到长白山的时候，佛库伦又回到了圆池。

不久，佛库伦生下了一个小男孩儿。她让孩子坐在小排筏上，并把她的弓箭放在孩子身边，然后对孩子说："额娘②把金子一般明亮纯洁的心作为你的姓，你就姓爱新觉罗吧。你生于布库里山下，布库里雍顺就是你的名字。你带着额娘的弓箭，去寻找吉祥的地方生活吧。额娘盼望你早日长大，

---

① 朱：满语"来"的意思。
② 额娘：满族称母亲为额娘。

为人间造福。"佛库伦说完，把排筏向上一托，这小排筏就凌空而起，驾着五彩祥云飘然北去。

佛库伦送走了孩子，因无衣着，就躲进密林，翘首盼望着儿子的成长。后来，她成为一株高耸笔直的长白松。因树姿雄美，人们称它为美人松。

那小桦木排筏在空中飘啊飘，飘到遥远的大岭下，轻轻地落在忽尔哈河①上。它顺水而下，流到鄂朵哩城②边。

恰巧，鄂朵哩城城主正在城头巡视，他遥遥看见江心漂来一个排筏，不觉一怔，当即命随从把排筏弄上岸。只见排筏里有一个小孩儿，孩子身边放着张弓箭，他预感到这一定是个身世不凡的人物。于是，他决心把这个孩子抚养成人。

五十多岁的城主只有一个刚刚满月的独生女儿，名叫都雅伯哩。这一回，他又得了个儿子，真是喜出望外。

孩子们一天天长大，老城主为这两个孩子聘请了启蒙教师，并亲自教他俩练习武艺。光阴如箭，转眼十八年过去了，两个孩子都已长大成人，雍顺不仅知书达理，还练就了一身好武艺。

说来也巧，就在这一年的秋天，有努雅拉克、祜什哈里和伊克勒三个家族着了天狼星的邪魔，为争夺部族长的大

---

① 忽尔哈河：即今之牡丹江。

② 鄂朵哩城：古城名，也称为敖东城，遗址在吉林省敦化市内。

权，互相格斗残杀起来。几个月的工夫，战争的灾祸就蔓延到了俄漠惠①与赫什赫②一带，并逐渐向鄂朵哩城方向逼来。

在这兵临城下的危难之际，年迈的鄂朵哩城城主十分忧虑。布库里雍顺看透了老人的心事，说道："阿玛，请不要担心，孩儿已经长大，今天外姓人既然作乱侵扰我们的领地，破坏我们的安乐生活，孩儿愿代父出征，不退敌寇，决不罢休。"

老城主听了这话，迟疑了一会儿，点了点头说："好，我的好孩子，事到如今，只有你去了。我相信你定能得胜。可有一事，我一直瞒着你，距今十八年了，今天得对你说实话。你并不是我的亲生儿子，十八年前，你还是刚刚出世的婴儿，乘着桦木排筏，顺水漂到我的城头。"说着，老人拿出了那张宝弓，交给了布库里雍顺，说明了它的来历，并嘱咐说："你带上这张弓，为了正义的事业，定能旗开得胜，马到成功。"

过了一会，老人唤出都雅伯哩，并对布库里雍顺说："孩子，你们俩从小一起长大，像亲兄妹一样，今天，由我做主，把都雅伯哩许配给你，愿你们恩爱相伴，白头到老。"当日，在城中老察玛③的主持下，二人举行了婚礼。

---

① 俄漠惠：古地名，即今之敦化市额穆公社。
② 赫什赫：古地名，遗址在敦化市黑石公社。
③ 察玛：满族称专司祭祀等宗教活动的专职人员。

次日清晨，老城主传下命令，集合了人马，将兵权授给布库里雍顺。小将点了兵，宣了誓，城主又洒洒祝愿说："求果勒敏珊延厄真保佑我部，所向无敌。"

布库里雍顺向老城主、都雅伯哩和全城父老乡亲告别。随后，他翻身上马，领兵出城，疾风闪电一般地向北进发，在赫什赫城外与祜什哈里兵马展开了一场激烈的厮杀。

布库里雍顺一马当先拉开神弓，弓箭铮铮作响。当他射了七七四十九箭之后，从敌阵逃出一条凶狼，飞上了天空。这凶狼就是制造灾祸的天狼星。布库里雍顺很快收复了赫什赫和俄漠惠一带的失地，接着又沿着忽尔哈河继续追击。

一天，他的队伍来到毕尔腾湖①边的毕尔罕毕拉，又和祜什哈里人马相遇了，经过几天的浴血奋战，祜什哈里一方招架不住，首领率部投降。布库里雍顺整顿了兵马，乘胜北上，经过海兰窝集和乌斯浑两大战役，征服了努雅拉克和伊克勒两大家族。

内乱平息后，布库里雍顺调解了这三个家族的纠纷，指令他们定居在依兰喀喇②，让他们和睦相处，不得纷争。此后，布库里雍顺的威名远震四方，被推举为鄂朵哩贝勒③。

---

① 毕尔腾湖：镜泊湖的古代名称。

② 依兰喀喇：即今黑龙江省依兰一带，古称三姓。

③ 贝勒：爵位名。满语诸侯之意。其爵位仅次于郡主。

后来，他控制了忽尔哈河流域的广大地区，号称"满洲"。布库里雍顺就成了满族的始祖。

后人为纪念他的诞生，在圆池边上立了"天女浴躬池"的石碑。此后，这圆池就被称为天女浴躬池了。

天王郎和柳花（朝鲜族）

扶余王到年老时还没有一个儿子，十分愁苦。他打算祭奠一下有神灵的大山名川，以求得一子。

有一天，他带领人马外出祭祀，来到据传有鲲的深水潭，在水潭的边上看见一块大石头在流眼泪。扶余王感到奇怪，便命侍从翻动这块大石头，看看究竟是什么东西。

翻开石头之后，他们看见大石底下有一个金光闪闪的小男孩儿，只是他长得像只青蛙。扶余王非常惊奇，说："莫非这是上天赐给我的后代吗？"于是，他将小孩儿收养起来，取名金娃，并立他为太子。

有一天，扶余王的宰相阿兰弗对他说："昨夜，天帝在梦中派人对我说，他打算派子孙下凡来我们这块地方建立国土，让我们到其他地方去躲避。他还说，在东海边上有一个地方叫迦叶原，那里土地肥沃，宜生五谷，可做我们的建都之地。"说罢，宰相劝扶余王赶快移都迦叶原。扶余王答应了，改立国号东扶余，把他们原来的都城解慕漱留给天帝的子孙做都城。

公元前59年，天帝派遣太子降游扶余王的古都。太子从天上下来时头戴鸟羽帽，腰挎龙光剑，乘坐着五龙车，带着随从一百多人。他们都骑白鹄、驾彩云，在美妙动听的仙乐声中，他们在太空飘游了十来天才降临在东扶余的古都。从此，他早上治理朝政，晚上返回天宫，人们称呼他为"天王郎"。

解慕漱城北有一条青河，青河中有河伯居住。河伯有三个长得十分美丽的女儿，长女名叫柳花，次女名叫萱花，季女名叫苇花。

有一天，河伯的三个女儿从青河出发，到熊心潭上游玩，她们穿得十分艳丽，身上各种佩锦在水中叮咚作响，如鸣佩环，动听极了。这时，恰好天王郎外出打猎，看见了在水中游玩的三个美女，心中十分爱慕。他对手下人说："如果能娶她们做妃子，我就可以有后代了。"

河伯三女听到天王郎的说话声，就赶快钻进水中去了。看到这种情景，天王郎手下的人就献计说："大王啊，你不如在这里建造一座宫殿，等候那美女们自动走来，然后把她们关在里面，岂不是更好？"

天王郎觉得很有道理，就用马鞭在地下画了起来，不一会儿，一座富丽堂皇的宫殿便出现在眼前。天王郎在宫殿里摆设酒宴，河伯三女果然进入了宫殿。他们相互劝酒，欢乐异常。

不一会儿，河伯三女便喝得酩酊大醉了。天王郎等三女喝醉后，便急忙走出宫殿，想把河伯三女关在里面。三女一看大惊失色，赶忙逃走，只有长女柳花被天王郎留住了。

次女萱花和季女苇花回去报告河伯，河伯非常生气，便派人质问天王郎："你是什么人？竟敢留我们河伯国王的女儿？"

天王郎说：“我是天帝的儿子，想和河伯的女儿成亲。”

使臣听后对天王郎说：“你若真是天帝的儿子，如果真想娶我们河伯国王的女儿，应当明媒正娶，像这样强留，实在有失体统。”

天王郎听后，心中感到十分惭愧，去见河伯吧，又无法前去，便打算进屋把柳花放了。出乎天王郎预料的是，当他走进屋时，柳花姑娘并不愿意回去，还拿出定情的礼物交给他，并对他说：“如果你有龙车，就可到河伯国见我父亲。”

天王郎听后十分高兴，便向上天祷告。不一会儿，一辆五龙车从天而降。他和柳花同乘五龙车，在清风彩云的相伴下到了河伯的宫殿，河伯对天王郎的来临以礼相待。

天王郎进宫之后，指责河伯说：“婚姻之道，天下自有通规，你怎么能说我失礼呢？”

河伯对他说：“你是天帝之子，可有什么神奇的本领吗？”

天王郎说：“那我只好在这里试一试给你看了。”

于是，河伯和天王郎来到前庭水中。河伯立即化为一条大鲤鱼，在波浪中随意游玩，天王郎也化为一只豺去追扑鲤鱼；河伯又化为一只山鸡，天王郎则化为一只雄鹰去追逐山鸡。

　　河伯一看，认定天王郎是天帝之子，便立即让两人成婚。但他又害怕天王郎并无娶女之心，便将婚礼办得格外隆重、热闹。席中，河伯将天王郎灌得大醉，然后把他和女儿一起装在一只皮制浮袋里，放在五龙车上，想叫他们一起升天。

　　五龙车走出龙宫，还没到水面时，天王郎酒醒了。他摘下柳花的黄金钗，把皮袋刺穿一个小洞，从洞里钻出后飞到天上去了。

　　河伯为此大发雷霆，对女儿说："都是你不听我的话，羞辱了我们家的门庭！"说罢，他命左右将柳花的嘴用绳子捆住，把她的嘴巴拉长了三尺，给她配了两名奴婢，把她贬到太伯山南面的优渤大泽中去了。

　　有一天，渔师告诉天王郎说："近来不知有什么野兽把梁子里的鱼放掉了。"天王郎吩咐手下用网捕捉，结果网破了。他们又改用铁网捕捉，才捉到一个女人。可是，她的嘴唇太长，不能说话，天王郎命人将她的长唇截去三截，女人方开口说话，天王郎一听，才知道此女就是柳花，便把她收为别室，对她另眼相看。

额日亥·莫日根^① （蒙古族）

远古时期，天上有七个太阳，晒得大地干裂，江河干涸，树木枯黄，人畜都被渴死，天下生灵无法生活。

草原上有一个叫额日亥·莫日根的年轻牧马人，是个百发百中的射箭手。牧人们便前去请求他把太阳射掉，为民造福。

好汉里的强手、有胆识的年轻射手额日亥·莫日根，凭着自己大拇指有百发百中的绝技，骄傲地对众牧人发誓："用我仅有的七支箭如果射不掉七个太阳的话，我就割掉我的大拇指，变成不喝流水、不吃宿草的旱獭，永远生活在洞穴之中。"

年轻的射手开始射太阳了，他从东走到西，射下了六

---

① 蒙语额日亥是大拇指的意思，莫日根是聪明的意思。因为射箭是靠大拇指的技巧和功夫，所以这里的额日亥·莫日根是神箭手的意思。

个太阳，正当他瞄准第七个太阳的时候，倏地飞来一只金燕子，箭头射穿了燕的尾巴。从此，世界上的燕子都变成了两叉尾巴。最后剩下的那个太阳怕被射掉，急忙藏到西山背后躲起来了。

这时，额日亥·莫日根生气了，他要去追赶多事的燕子，打算把它杀掉。射手的花斑马对主人发誓说："如果我从早晨追到晚上，追不上燕子的话，请你割掉我的脚蹄，把我扔在野滩上好了。我将在那里生活一辈子。"说罢，花斑马咆哮着飞奔而去。

金燕子一会儿拐弯抹角，一会儿东藏西躲，花斑马无法追上它，耽误了约定的时辰。额日亥·莫日根一气之下砍掉了花斑马的两条前腿，把马遗弃在野滩上就回去了。可怜的花斑马从此变成了跳鼠，孤独地在草滩上生活着。跳鼠的两条前腿奇短就是这样来的。

额日亥·莫日根遵照誓言扔掉了自己心爱的弓箭，砍掉了自己的两个大拇指，变成了不喝流水、不吃宿草的旱獭，永远地寄息在洞穴之中了。原来，旱獭的每个前腿上只有四个爪子就是这样来的。

现在，每当早上太阳升起时，草原上旱獭总是跑出洞来东张西望，这是因为额日亥·莫日根忘了自己已变成了旱獭，他总想有那么一朝，当太阳升起的时候把它射掉。最后被留下的太阳也怕额日亥·莫日根来射它，总是东藏西躲，它天长日久地藏来藏去便形成了季节的昼夜之分①。

布碌陀的传说（壮族）

造天地

远古时期，天和地紧紧地重叠在一起，结成了一块坚硬的岩石，不能分开。那时候，没有风雨雷电，也没有人类和村庄，更没有京城州府和大小神庙佛殿。

后来，突然一声霹雳，大岩石轰隆一声翻身了，裂成了两大片。上面的一片往上升，就成了住雷公的天；下面的一片往下落，就成了住人类的地。这样，天上就有了风云，地下就有了生物。

可是，那时候的天很低，爬到山顶上可以摘下星星装到

---

① 原文见蒙古国斯仁索那木编《蒙古民间故事集》，1979 年，斯拉夫蒙文版。

篮里，也可以扯下云彩玩耍。但是，天地靠近，人们的日子
很难过，太阳一照，就热得烫死人；雷公轻轻打鼾，就使人
们不能入睡。要是雷公大吼大叫，就好像天崩地裂一样，使
人听了又惊又烦，所以天地要离得远远的才行。

听说碌陀山有个老人，名叫布碌陀，他智慧过人，神力无
限，人们便去找他商量治理天地之法。碌陀山起伏连绵，这里
树高草密，溪水淙淙，百鸟争鸣，百花竞艳。山脚下有一个精
巧的岩洞，里面住着一位胡子花白的老头，这就是闻名于世的
壮族三王①之一——布碌陀。这个岩洞就是他的家。

人们不辞辛劳，跋山涉水，寻到了这里。

"布碌陀在家吗？"来访的人在洞外喊道。

"哎，我就来！"布碌陀非常热情好客，他一应声，人
马上就乐哈哈地出现在洞口。

布碌陀身材魁伟强壮，他虽然年岁已高，鬓发斑白，
但仍然满面红光，精神抖擞，他脸上时常带笑，两眼炯炯有
神，充满着智慧的光芒。

当人们把天和地的情况向布碌陀说明后，布碌陀若无其
事地说："那我们就把天顶起来吧！"

"顶天？"人们从来不敢这样想，说："天这样大、这

---

① 壮族三王：指雷王、龙王、布碌陀。布碌陀是三王之中的一个。

么重，怎么能顶得起来呢？"

"能！哈哈哈！人多力量大呀！"布碌陀信心十足地说，"你们到树林里去选一根最高最大的老棕木来做顶天柱，我和你们一起把天顶上去！"

人们回来后，爬了九百九十九座山头才找到了一棵十人都抱不拢的老铁木。可是，这棵老树长得很奇怪，人们砍不动它，砍这边，那边已经长合了，砍那边，这边又长出来了。大家一连砍了九十九天九十九夜，还是没有把它砍倒。

人们去告诉布碌陀，布碌陀听说找到了又高又大的老铁木，非常高兴。他二话没说，扛起大板斧就走来了。只见他往手心吐了口唾沫，运了运手，把大板斧一挥，一阵狂风卷起，噼的一声，惊天动地，铁树被深深地砍进了一斧，人们目瞪口呆。布碌陀又连砍了两下，铁树就轰隆一声倒下了。

大家欢天喜地，无不佩服布碌陀的神力。原来，他的大板斧是神斧，是用来为人类造福的。

顶天柱有了，可是太重，大家扛不起来。布碌陀说："大家齐心合力，跟我来！"说着，马步一蹲，就把顶天柱扛到肩上去了，大家跟着他，一帮人扶头，一帮人抬尾，把它抬到碌陀山顶上去了。

布碌陀把碌陀山当柱脚，竖起铁木柱抵着天，他用力一顶，硬生生把重重的天盖顶上去了。沉沉的大地被顶得往下沉落。布碌陀再一顶，把雷公弹到高高的云上面去了。柱脚压得龙王不得不往下面跑。布碌陀再三顶，沉沉的天就变成了轻轻的十二堆云，地下的龙王就钻到地底去了。新的天地就这样有了雏形。

可是，因为先造天后造地，天的样子像把伞，盖不住大地，天小地大怎么办？布碌陀想了个巧办法，他用手指把地皮抓起，做成了很多山坡，这样，地面就缩小了，天就盖得住了。一个完美的天地就形成了。

从此，风雨循环，阴阳更替，四季分明，一切有常，万物兴旺。

取火

古代未曾有火的时候，人们像乌鸦一样吃生肉，像水獭一样吃生鱼。寒冬腊月一到，人们就缩着脖子打战，有的甚至被冻死在野外。

一天，忽然间天昏地暗，大榕树上出现一道闪光，接着轰的一声，大榕树倒下了，燃起了熊熊的大火，映红了大地。传说，这是上天派雷公把烟火送到人间。可是，那时候人们还不懂得火是怎么回事，被吓得魂飞魄散，天上的飞鸟吓飞了，地下的走兽吓跑了，人们也远远地逃走，躲藏起来。

　　只有布碌陀不害怕，也不逃跑。他勇敢地走近大榕树，观看这个奇怪的东西。火毕毕剥剥地燃烧着。它并不像猛虎那样凶狠扑人，布碌陀更加不害怕了。他站在火旁边，觉得很热，比太阳还热。他想，如果人有了这个东西，冬天不就不怕冷了吗！

　　人们见布碌陀能在火旁边烤火，慢慢地就不害怕火了。后来，大家都来跟布碌陀要火种，烧起火堆来。

　　自从有了火，人们把白天上山打的野兽、下河捞的鱼虾，都拿到火堆上烤着吃，再也不用像乌鸦、水獭那样生吃了。山菇、野菜、野草也都可以拿来烧着吃，又香又甜又可口。人们吃饱了，晚上就围在火堆旁睡觉。老虎、豹子、野牛害怕火，就不敢来靠近他们了。火对人们实在太重要了，人们和火已经无法分离。

　　可是，有天半夜，突然下起滂沱大雨来，人们在梦中还没有醒来，火已经全部被淋灭了。人们又回到了没有火的时候，日子变得很难过。为了火，大家冒着风险到处去寻找。他们走到哪里就问到哪里，可是人们走遍了名山上下、老林内外、大川南北，竟不见一点儿火星。

　　人们去告诉布碌陀，布碌陀提起板斧，亲自出门找火去了。他寻遍了上方，又走遍了下方，走完了天下也找不到一点儿火星。他来到天边的一棵榕树下，突然想起上次的火是大榕树被雷公劈了才生起的。

雷公能把大榕树劈出火来，我布碌陀难道就不能劈出火来吗？我手中也有神斧呀！他运足了气，举起神斧，用力一挥，朝大榕树砍了一斧，这一斧果真砍出火星来了，这火星像萤火虫那样大。

布碌陀又大砍一斧，冒出的火花就有草蜈蚣那么大，布碌陀立刻刮来艾花壅上，又添上干草，架上枯柴，不一会儿，火就燃烧起来了。

这下，人们又有了火。吸取了上一次的教训，这一回人们再也不在野外烧火了。他们把火拿到岩洞里去养起来，不论外面风雨多大，火种仍然不熄。

后来，有了房子，他们又把火拿到屋里去烧。古代的人乖倒是乖了，可是也有笨的时候。他们有时候也没有把火看管好，让蝴蝶拿扇子乱扇火，让最爱玩火的萤火虫拿火到处去玩耍；人们把火拿到村口去点，又拿到屋檐底下去烧。结果一失火，烧了房又烧了寨，烧了寨又烧了城，房屋被烧光了，家什被烧光了，占卜的卦签也被烧光了，什么东西都被烧光了。

人们没有想到火竟会给人造成这样大的灾难。人们去请教布碌陀，布碌陀就来教大家了。他砍来木头，劈成块，在中间架了一个四四方方的灶膛，里面铺上泥沙，规定火要在火灶里烧，不许随便玩火。

萤火虫也被赶到山上去了，它们逃走时，还在屁股后头偷偷点火，所以现在它的屁股总有点儿火光。

开红河

有一年，天突然连绵不断地下着大雨，久久不停，造成了罕见的大水灾。那时，整个大地都被洪水淹没了，到处都是无边无际的黄水，一片汪洋。人们有的被水吞没，沦为鱼鳖；有的坐着竹筏在水上漂泊，等待死亡；有的逃到最高的山上去寻找生路。

雨已经持续了九天九夜，这样下去，人类就有灭绝的危险。布碌陀非常着急，就决定带领幸存的人开凿一条河道，把水疏通，引进海洋。布碌陀制了一根赶山鞭、一根撬山棍，测定了河流的路线，就开始动工。

布碌陀所到之处，有成群的小山，他就用赶山鞭抽打，把它们赶到两边去。所以，有些地方的小山就像一群一群的山羊往两边跑。遇到大的山峰，他就用撬山棍撬开。所以，有些地方的大山向南面或北面歪着，有的则平平地横倒。

有一天，布碌陀来到一座大山前，一鞭子把大山劈成两半，然后往西边撬开。恰在这时，有个跟着布碌陀造河的妇女掉到河里死了，人们下水打捞尸体总捞不着。

死者的女儿对布碌陀说，这个地方的河道开大了，她母亲的尸体被水冲走了，无法捞了。布碌陀很同情她，就把那两半山撬回来，只留下一个夹道让水通过，并叫她堵住山口，等着捞尸首。这个夹道的出水口就成了堵娘滩。现在，堵娘滩的水流十分湍急，是个凶险的地方。

布碌陀开河到了一个很深的水潭，这个水潭前面被山挡住了，水不能流，天上的雷公经常到这里来洗澡，所以叫它雷公潭。布碌陀不顾雷公的阻挡，把山撬开，让水流了出去，雷公大怒，吼叫起来。因此，这里变成了雷公滩。现在，水下雷公滩时，总发出轰隆轰隆的响声，像雷打一样，很是吓人。

布碌陀带领人们开河道、治水患，感动了天帝，天帝见他们太辛苦，就送给他们一头神牛和一把神犁，好让他们一犁过去，就变成一条河道。

有了神牛神犁，开河工程进展得很快。布碌陀驾着神犁到白马那个地方，由于用力过度，犁头断了。神牛走得快，一吆喝就走了半里路，于是犁头断的地方出现了一个半里长的石滩，名叫断犁滩，水就从断犁滩两侧向东流去。

布碌陀犁到鹰山狗岩处，遇到了意外的困难。那山上有一只又老又大的恶鹰，岩洞中住着一只又凶又恶的山狗。那只恶鹰平时闭着眼睛养神，狗见了人就狂吠起来，鹰听见狗吠就张开眼睛飞下来吃人。

布碌陀和人们来到这里，岩洞里的那只恶狗狂吠不止，恶鹰飞下来吃掉了不少人，这真是不得了。布碌陀想了一个办法，叫大家扎了很多竹筏，竹筏上都搭上网篷，人就坐在竹筏上。这样一来，恶鹰几次飞来都吃不到人，就落到布碌陀的筏篷上，把利爪从网篷眼中伸进去抓人。

这时，布碌陀抓住恶鹰的爪子，用一根又尖又利的老竹签朝它的胸口猛刺，终于把它刺死了。刺死了恶鹰，又打死了恶狗，人们又继续往前开河。这个地方出现了一个险滩，就叫鹰山狗岩滩。

在和恶鹰斗的时候，布碌陀放了神牛，让它先歇一歇。神牛绕过鹰山狗岩，到前面去睡在地下歇息，却没再醒过来。于是，这里又出现了一个险滩，名叫卧牛滩，水下卧牛滩，不久就要发出"哞——"的一声，好像牛叫一样。

神牛死了，只能靠人力开河。布碌陀选了一帮精壮的男子来拉神犁。由于人多，大家开始时没有经验，用力不均匀，时慢时快，时深时浅，浅浮的地方就成了滩，一共产生了十五滩，那十五滩长十多里。

有歌谣唱道："船过十五滩，十有九个翻。"可见，十五滩十分险要。河道开成之后，水就沿着河道流入海洋，各地的水位也渐渐下降，最后终于干了。这条河就是现在的红河。

水患消除了，人们安居乐业，都去感谢布碌陀，纷纷赞颂他的功绩。

造屋

鸟有巢，蜂有窝，可是古代的壮人没有屋。他们不像现在的人这样会做房子，只能像石头一样躺在山路旁，像柴枝一样横在草丛里，像猴子一样住在山洞中。

那时候，他们来到坪坝上耕田种地，往返都要爬山，收的谷子也要往山上搬，非常辛苦。他们对爬悬崖和住山洞越来越厌烦了。但是，他们总想不出什么办法。后来，有个聪明的老人用木头在树蔸间搭起了三脚架，架上了横条，上面盖上树叶和茅草，便成了简单的房子，这就是远古壮人的第一间房子。

这间房子非常原始，但非常实用，日晒不着，雨打不漏，夏天凉快，冬天暖和。后来，人们都学这个老人，到平地上来盖房子，不再到崖洞中去住了。这种房子虽好，但不牢靠，不耐久，碰到狂风暴雨，屋顶上的茅草常被卷走，有时它还会崩塌，很不安全。

布碌陀看到这种情景，就开始想办法建造更好的房屋。他很快就造出了很多漂亮的小屋，使周围的人们都住上了新房。因为布碌陀一直忙着替别人造屋建房，自己的反而没有时间造，仍旧住在原来的那个山洞中。人们听说他会造新式的房屋，到处都请他去帮忙。

布碌陀一向乐于助人，有求必应，只要能使大家都住上新房他就万分高兴。布碌陀做房子很讲究日期。他说："春不伐木，秋冬砍树。"建造房屋时要选择良辰吉日。造屋之前，女主人要先把米谷拿来晒，春它三四箩，拿一箩煮饭，其他的用来酿酒，还要送一小袋给择课先生。动山那一天，大人进大山，小人进小林；大人拿斧头砍大树做柱子，小人拿砍刀做桁条。曲的、直的都砍下搬回，直的用来做柱子和桁条，曲的用来围屋边。

材料备好了，布碌陀就择吉日发墨①。发墨第一天，凿成了所有的主柱；发墨第二天，创好了所有的边柱。柱子凿上也凿下，凿上面用来安桁条，凿下面用作架横梁，凿中间用来架横担；发墨第三天，屋架合起来了；发墨第四天，合成了所有的屏风；发墨第五天，木屋架成了。这一天，大人小孩都来看，人人喜气洋洋，个个欢天喜地。

布碌陀的手艺精巧，个个都争着请他帮忙造屋。布碌陀一天忙到晚，一年忙到头，造了一座又一座房子，建了一个又一个壮村。可不幸的是，有一天晚上，他回到自己的岩洞，睡到三更半夜时，一块大岩石裂开落了下来，正好压在他的身上。

---

① 发墨：壮语，即打墨线，也作为木工活的代称。

布碌陀死了，他自己什么东西也没有，他唯一的遗产就是给壮族人民创造的无穷无尽的财富。

红水河和木棉花

布碌陀死了，他留下的是一片生机盎然的大地，壮乡年年丰收，岁岁温饱，大家过着太平的日子。但是，这时外面有了皇帝，他十分眼红壮族人民安居乐业的生活，也眼红这片美丽富饶的土地。

为此，他下了圣旨说："普天之下，莫非皇土。你们这个地方也是我的土地！"并派兵来占领。壮族人民在自己开拓的河流两岸和皇帝的兵马搏斗，打了好长时间的仗，双方都死了不少人，鲜血流到河里，染红了滚滚河流。

所以，当年布碌陀带领大家开拓的这条河就被大家叫作红水河，红红的江水奔腾向前，歌唱着壮族人民英勇的斗争，也在诉说着皇帝压迫壮人而带来的苦难！

当年打仗的时候，壮家人都举着火把奋力搏杀。死去的英雄们手中仍擎着不灭的熊熊火把，他们站在布碌陀当年带领壮人开垦出来的土地上，变成了一棵棵挺拔的木棉树，枝头缀满了火红的花朵，那火红的木棉花像熊熊的火焰，昂首怒放，烧红了天。

密洛陀（瑶族）

是谁创造天地和人类的呢？用什么来造？经过又是怎样的呢？

传说，几万年以前，有一座名叫"密洛陀"的大山，经过九百九十余年，这座山突然发出一声巨响，山肚里爆出了一位密洛陀女神。密洛陀称远祖为"师父"，师父死后，密洛陀用师父的雨帽造成天，用师父的两只手和两只脚做成四条柱，顶着天的四角，用师父的身体做大柱撑着中间，天地就造成了。接着，她就造大河、小河，造花草树木，造鱼虾和牛马猪鸡鸭……密洛陀叫族人诰恩造山，休息的时候，诰恩取火烧烟，不小心失了火，大火烧掉了地下所有的树木花草，地面又变成了光秃秃的一片。

密洛陀知道了，很是伤心，她用白布、黑布铺在地下，但已不像原来的样子。她就叫族人牙佑带着银子，走了很远很远的路买回树种，然后拿上山去撒，大风一吹，就撒遍了所有的山岭。

有一次，牙佑到山坡上一看，树种都发芽长成小树了，他回来告诉密洛陀，密洛陀听了非常高兴。

几个月后，牙佑从山上回来对密洛陀说："树木开花结果了，果子又红个儿又大，我摘了一个来吃，又甜又香，好吃得很。这么多的果子派谁去看守才好？"密洛陀听了就派野狸、白面狐去看守。

又过了一段时间，牙佑从山上回来，告诉密洛陀："树木都长成大材了，可以用来造房屋了！"密洛陀就同牙佑、诰恩商量，边砍树边运到"六里"造房屋。不久，他们砍下许多树，做好了造房子用的大柱、中柱、小柱，却不懂得怎样锯木头。大家几次商量都没有想出个办法。

一天，牙佑走到一个山坡上，看见芭芒叶子上有一只大蝗虫，它后脚上的刺又尖又利，能刺破东西，他便伸手去捉。蝗虫捉到了，但他的手不小心被芭芒叶割了一道口子，鲜血直流。

尽管疼痛，他心里却很高兴。他想："如果照芭芒叶和蝗虫后脚的样子打出来一件工具，不是可以把木头锯成板子吗？"他把这两样东西拿回来，照样打成了锯子。锯子做成了，把木头锯成板子，房子很快盖好了。

有了房子住，密洛陀要造人了。她先用泥土来造，没有造成人，但造出了水缸。她拿米饭来造人，却造成了酒。她又拿芭芒叶来造人，造成了蝗虫。她拿南瓜、红薯造人，又造成了猴子。经过几次失败，她觉得，要造出人，必须选个好地方。叫谁去找地方呢？

第一次，她派一个聋猪去。聋猪到了山坡上，老是去拱土找蚯蚓吃，吃饱了就回来。密洛陀很是生气，用棍子打它，正好打在耳朵上，聋猪便跑了出去。

第二次，她叫野猪去。野猪跑到半路，也是拱土找红薯、木薯吃，没有去找地方。密洛陀用锅里的开水泼它，它被开水烫脱了皮，也跑出去了。

第三次，她派狗熊去。狗熊到了半路，看到很多蚂蚁，用脚扒来吃，吃饱了便回来。密洛陀正在染布，见狗熊回来，一生气就用蓝靛水泼它，狗熊被染成一身黑，也跑出去了。

第四次，她叫麝香去。麝香到了山坡上，见了又嫩又肥的青草，只顾着吃，把看地方的事丢到一边了。当麝香回来时，密洛陀正在烧火，她顺手抓起一根燃烧着的柴火打过去，正好打在麝香的肚皮上，肚皮起了一个泡，它就跑出去了。

密洛陀派了四个爬地的出去，都没有帮她找好地方，她又派四个飞天的出去。

第一个是啄木鸟。它飞到树林里，只管趴在树上找虫吃，吃饱了便回来。密洛陀见了，一手抓起花背带打过去，打在它的背上。啄木鸟被打得着了慌，只顾飞逃，背带在背上也不管了，所以啄木鸟的背是花的。

第二个是长尾鸟。长尾鸟到了山坡上只顾吃野丝瓜，它回来时，密洛陀用箭来射它，正好射中尾巴，它顾不了疼痛，夹着箭只管飞，所以长尾鸟的尾巴很长。

第三个是乌鸦。乌鸦飞到一个地方，看见火在烧山，它便在上面飞过来飞过去，寻找一些被烧死的东西吃，全身都被熏黑了。它回来时，密洛陀很生气，便将一颗石子塞进它的嘴里，乌鸦痛得难受，但又叫不出，只得哇哇地乱喊着飞走了。

第四个是老鹰。老鹰吃过早饭，又带上午饭，飞上天空，找呀找呀，找到了一个最称心如意的地方，才飞回来。

密洛陀随老鹰前去察看，呵！这个地方确实是个好地方。这里气候温暖如春，杜鹃花满山开放。她走到树林里，在一棵树下停下来，见到一些蜜蜂正在树洞里做窝，一些蜜蜂正在繁忙地送回花粉，个个勤劳可爱。她就去将那棵树砍下来，连树带蜜蜂窝一起扛回，白天炼三次，夜晚炼三次，然后装进箱子里。

过了九个月，密洛陀听见箱子里哭呀叫呀，热闹得很。啊，这回可好了，她打开箱子一看，个个蜜蜂都变成了人。她不禁叫喊起来："成了！成了！"

可是，这群人哭哭闹闹，拿什么东西给他们吃呢？密洛陀急得不知怎么办才好。后来，她想了想，说："噢，有啦！有啦！"她用水把这群小娃仔一个个洗干净，又把他们包好，然后用自己的奶水喂他们，这些人就一天天长大起来。

他们长大以后，分别在各个山头建村立寨，开山种地。从此，村村寨寨冒起炊烟，山山岭岭长满庄稼，他们就这样勤勤恳恳、高高兴兴地过着男耕女织的生活。

格射日月（毛南族）

在远古的时候，大禹皇帝带着百姓降水妖，疏河道，开水渠，把祸害人民的漫天洪水引到东海去了。被洪水淹没的山川原野又露出地面，渐渐恢复了生机。桑园稻田，桃红柳绿，车马舟船，乡镇和村寨又出现在大地上，人间好一派风光。

可是，大禹皇帝只顾治水，没顾得上根除祸害，让十八条水妖——九头乌龙、九头白熊逃上了天庭，消失得无影无踪了。禹皇身后九十九年，九头乌龙精飞出天庭，窜出云层，像日头一样喷着烈火，这样天上就有了十个日头。

十个日头曝晒着人间，空气变得火辣辣的，田里的水被晒得滚烫烫的，不久就干涸了，江河湖海也被晒得直冒白烟。

人们忍受不了十个日头曝晒的苦楚，纷纷逃进深深的岩洞里躲避。粮食不多了，他们就挖蕨根打蕨粑度日。后来，人们又想了个巧法子躲开日头的曝晒，他们上午躲在高山西边阴凉处开荒，下午躲到东边阴凉处耕作。这个法子一代传一代，一直保留到今天。

九条妖龙虽然把人害苦了，但人类并没有灭绝，它们又与九头熊妖合谋。九头熊妖原来是九个冰精，它们浑身冰冷。十八妖合伙逞凶，这一下把人整得更苦了。九头冰精晚上混同月亮一起出山，天边就像挂了十面大镜子，寒气逼人。白熊冰精在天上打个战，抖落的绒毛落在地下，就像一场封山没路的灾雪，地冻三尺，滴水成冰。

人们披着棉被也抵挡不了天寒地冻的折磨，就用百兽皮做成皮衣御寒。熊妖见冻死了禾苗却冻不死人，就又打喷嚏，飞出的唾沫落到地下就是一场伤人毁物的大冰雹，把人类挡风遮雨、抗寒避暑的房屋瓦片全砸碎了。在外耕作的人也被砸死砸伤大半。

不久，人们又想了个法子，他们上山割来茅草，撬来薄石片盖在房子上，出门耕作又戴上一项用细竹篾编成的帽子，挡风挡雨挡毒日防冰雹。粮食没收成他们就靠打猎，采野菜、野果维持生活。

有一年，岜英山下来了游山打猎的父子二人。猎人父子力大无穷，他们用的弓，人们扛也扛不起。大家十分敬佩他们，拿出最好的东西招待他们。

大家见老猎人叫儿子格，就按本地风俗亲热地称老猎人为爹格，猎人父子为了感谢大家的热情，头一天就上山打来一百头野猪、一百只虎、一百只狐狸作为报答。

爹格和格神箭的威名传四方，方圆百里的百姓扶老携幼，登门请他们射掉日月。爹格和格答应了，他们准备了三个月又九天，用二十蔸大楠竹做成二十支神箭，箭头上涂了射虎杀熊的见血封喉药。他们带着二十个比牛牯还硬朗的后生哥，背了干粮和清水，准备爬上九千九百九十九丈高的岜英山顶射日月。

高山顶上没有草木，十个日头像十团火，晒得他们先是浑身冒汗，后是浑身起水泡，大家干渴得要死，疼痛难熬。爹格咬紧牙关，对准毒日连射十箭。眼看着十支神箭要飞近毒日了，妖龙吓得胆战心惊，急忙往高处飞，这十支箭渐渐无力，落回地面，发出轰隆巨响，犹如打了十个旱天雷。

格听到神箭落地的响声，急得跳上前去接过老猎人手中的弓准备再射。不料，老猎人说了声"没用"，就倒了下去。原来，他死盯着毒日放箭时，双眼被烧瞎了。没办法，格和兄弟们只好扶了爹格下山。格立下誓言，他射不下日月不罢休，告别了乡亲和父亲出门求师学艺，一定要造出能射日月的神箭。

格走访了三年，三年间他经历了千辛万苦，拜了上百个师父，可是没有一个人能帮他造出神箭。格还走访了上百个名山求仙问佛，还是两手空空，没有一个人能给他指点。

有一次，格几天几夜没找到投宿的村寨，走得又累又饿，倒在一棵大松树下睡着了。渐渐地，他觉得有块凉冰冰的石头压在身上，一惊醒，见是一个又臭又脏的老头倒在他身上。脏老头见他醒来，有气无力地说："孩子啊！你睡得真香，我快渴死了，等你醒来等了半天，你快去找碗水来给我喝吧！"说罢，他塞给格一个脏碗。

格恭敬地看着脏老头，暗想："我丢下的父亲，也会是这样向别的兄弟要水喝的。"于是，他接过脏碗，不顾饥肠辘辘，为脏老头找水去了。水找来了，谁料脏老头像三年没见过水一样，喝了一碗又一碗，格跑了一趟又一趟。脏老头一共喝了九十九碗水，格就跑了九十九趟。

当格把第一百碗水捧给脏老头时，脏老头喝了半碗后说："孩子呀！你给我要来九十九碗水，你自己却半口也没喝，剩下的这半碗水，你就喝了吧！"

格刚喝下水，脏老头又说："这林子有很多鼯，你去射一只烤给我吃吧。"

格恭敬地听完脏老头的话，暗想："对呀，我父亲饿了，也一定会这样叫兄弟们拿吃的东西来。"于是，格不顾饥肠辘辘，拿起弓箭就往林里走。鼺可是一种灵活敏捷的野物，格追了大半天，好不容易才射到一只烧好给脏老头。

脏老头没有接鼺，反而伸手抽出格的一支箭，指着没有羽翼的光身箭杆说："格呀格！你该明白了吧！鼺没长翅膀，靠张开四肢间的肉膜子活动，它上腾虽不及一丈，下跳却可以飞翔千尺！"说罢，还没等格弄清是怎么一回事，老头就把光身箭往他怀里一推，转身往林子里走去，马上就消失得无影无踪了，格想追也没处追。

格慢慢醒悟过来，收拾好东西就往家里赶。不知哪里来了气力，他双脚生风，山山水水在他脚下一飞而过，只一天工夫就回到岜英山下。

老猎人早就死了，格强忍着悲痛，和兄妹们造了十只带羽的大箭，连夜攀上九千九百九十九丈高的岜英山顶。他们要趁妖龙和妖熊刚从海底探头时，居高临下地射死它们。

九条妖龙不知死亡就在眼前，鸡叫了五遍，它们又挨个蹿出海面想逞凶。格瞪圆大眼，嗖的一声射出一支箭，这支箭跨山越林，稳稳当当地向妖龙飞去，不一会儿轰的一声响，一条妖龙带着一团火掉进海里，海水被烧得直冒热气。

格看着羽箭的威力，眼不眨，手不停，"嗖——嗖——

嗖！"连连发箭，"轰——轰——轰！"一个个火团连连掉进海里，海水被烧得像一锅滚粥，蒸气飞腾，白茫茫的一片。

当格搭上第十支箭时，却怎么也找不见目标了。原来，有一个日头借着飘飞的雾气逃上了天。格知道再射也没有用才作罢，热腾腾的雾气化作乌云飞到大陆上，陆地上下了一场连天大雨。雨过天晴，九只妖熊不知死活蹿了出来，想把格冻死在山上。哪料，它们刚出海面，"嗖——嗖——嗖！"一阵飞箭射进海里，九只妖熊成了九只冰熊，把滚粥一样的海水变得冰凉刺骨了。

剩下的一个月亮吓得藏了起来，直到今天它还改不了躲躲藏藏的老习惯，不肯夜夜出来给百姓照亮哩！它就是想出来，也总是偷偷摸摸的没有一回准时。

格见只剩一个日头了，就留它给百姓驱寒逐暗，没有再射。但他担心掉到海里的妖龙妖熊没有真死，有一天还会来行凶造孽，就一直守在高高的山上，没有再回到人间。

没有多余的毒日毒月逞凶了，百姓又学会了格造带羽的箭的法子，他们就造出好箭，射死为害百姓的豺狼虎豹，从此男耕女织，过上了好日子。

伟代造动物（黎族）

在远古以前，大地上的情况和现在不同。那时，人是不会死的，他们老了又慢慢变年轻。地面上的石头也和活的一样，会不断长大，因此石头越来越多，把人们耕种的田地都占据了。

眼看生活不能维持下去，于是天上的伟代①发下一次大水，把整个地面都淹没了。在洪水发生之前，伟代预先把今天我们所见的各种动物——人、山猪、蚂蚁、狗、牛、鸡等等雌雄配对，放进一个大瓜壳里，让它在洪水到来之时随水漂流。洪水过后，地面上所有的动物都淹死了，只剩下瓜壳内的各种雌雄动物延续后代。

当洪水初退的时候，地面是很湿软的，所有动物都站不住脚，于是伟代便造出五个太阳把地面晒干。躲在瓜壳里的动物开始往外面跑，最先跑出来的是黄牦，黄牦被太阳晒得透不过气来，热得向四面乱跑，结果额头碰在石壁上，裂开

①伟代：黎族传说中的创造万物的全能者。

了一条痕，因此我们今天看见的黄牛，额上都有一条白痕。

紧跟着黄牛出来了，黄牛被太阳晒得难受，只得跑上山去躲避，但它的皮已经给太阳晒红了，因此今天的黄牛全身都是红色的，而且生活在山上。跟着跑出来的是水牛，水牛更怕热，就躲到水潭里，潭里的污泥把它的身体都染成了黑色，因此今天的水牛都是黑皮肤，而且喜欢浸在水里。

接着，山猪跑出来了，山猪也怕热，它钻入泥穴里，把身体弄得脏脏的，因此今天的山猪全身都长着黑茸茸的毛。最后走出来的是山马，它先露出半截身体，不久便被太阳晒红了，它赶紧跑进深山里去躲避，因此今天的山马后半截身体还是黑的。

夺火记（畲族）

很早以前，北方的天角边住着个魔王。这魔王真怪，它一见火就打喷嚏和流眼泪。因此，它最恨世上有火，有火它就不能在世上兴风作浪了。于是，魔王千方百计地把世上的火统统收到魔宫里锁起来，魔宫门口派上飞龙、飞虎守护着。

世上的火一天比一天少，最后竟然绝了火迹。人们只能在寒冷里过日子，吃着生冷的东西。三公主①知道了这件事就去找魔王，叫魔王把火还给世上的人们，可是魔王说什么也不肯答应。三公主气极了，她回到天宫，决心派儿子把火夺回来。

她看看四个儿子，一边想着一边说："你们哪个能从魔王那里把火夺回来呢？让我看看：盘龙体力不够，盘虎身材矮小，钟熊年纪又太轻。还是老三雷豹去吧，雷豹身强力猛。"

雷豹听了很高兴。三公主给他一把金叉、一团棉花和一只布袋子，对他说："你先到世上去转转吧！世上的人们能给你无穷的智慧和力量。"

于是，雷豹就下凡了。雷豹一落落在西山窟的茅屋旁边，这茅屋里住着个三婆婆。三婆婆没儿没女，是个孤老婆子，靠种红薯过日子。这天，三婆婆听见屋旁有响声，慌忙走出来一看，门口站着个壮壮实实的孩子。

三婆婆走过去亲热地问："乖孩子，你到这儿来做什么呀？"

---

① 三公主：传说中高辛皇帝的三女儿。

雷豹说："老婆婆，我是个没有家的孤孩子，您就做我的娘吧。"

三婆婆听了很高兴，雷豹趴在地下磕了个头就叫起娘来。雷豹帮助三婆婆开山开了三年，一棵大树他也能用两只手拔起来；雷豹帮助三婆婆打石头打了三年，一个大石臼他也能一手托回来。他力气变大了，人也长高了。

这天，三婆婆说："好孩子，你年纪不小啦！该讨个小娘①了。你快到东山窟，请雷老爷爷帮忙，他年岁大主意多，一定能给你找个好小娘的。"

雷豹听了很开心，就到后山野林里缚来一只狮子、一只斑虎、一只花豹，告别了三婆婆就要走。

三婆婆又拉住他说："孩子呀，你跟雷老爷爷说，这花豹是我送给他的，这斑虎是你送给他的，那只狮子是请他说个好媒的礼品。他要是不肯，你就劝雷老爷爷把头脑里的智慧袋子解开，随便摸一个主意就够了。"雷豹答应着，便上路了。

雷豹跑到东山窟，找到了雷老爷爷。雷老爷爷是个白头发白胡子的老人，他眉毛长得盖住眼睛，成天闭着两眼打瞌睡。雷豹走到雷老爷爷面前，将花豹轻轻放在雷老爷爷左

---

① 小娘：方言，指年轻的女人。

面，将斑虎轻轻放在雷老爷爷右面，将雄狮轻轻放在雷老爷爷前面，然后说道："老爷爷，老爷爷，我娘叫我来的。花豹是我娘送给你的，斑虎是我送给你的，这只雄狮就算是礼物，请老爷爷给我找个小娘吧！"

雷老爷爷说："谢谢你和你的娘。可是，我年纪大啦，怕不能给你找上个称心如意的小娘呢！"

雷豹说："老爷爷把头脑里的智慧袋子解开，随便摸一个主意就行了。"

雷老爷爷听了呵呵笑了起来，他睁眼一看，原来是个壮壮实实的好小郎，于是问道："孩子，你是哪家的呀？"

雷豹说："我是西三窟三婆婆家的，三婆婆是我的娘。"

雷老爷爷摇摇头说道："慢着，三婆婆是个孤老婆婆，哪来你这个壮实的小伙子呀？"

雷豹这才醒悟过来，原来自己是下凡找火的呀！差点儿忘了呵！于是，他就把三公主叫他找火的事一五一十地告诉了雷老爷爷。雷豹还求雷老爷爷告诉他怎样才能找到魔王，怎样才能够斗胜魔王夺回火。

雷老爷爷想了想，说道："你先到我后门口去，把那九十九竿竹子都爬一遍，竿竿都得爬到顶尖上，爬完了你再来。"

雷豹走到后门口，哎哟哟，好多的竹子呀，一竿比一

竿高，最高的那根快要戳破天啦。雷豹爬第一竿，爬到顶
尖上，竹子就慢慢地弯倒下来；雷豹又爬第二竿，爬到顶尖
上，竹子又慢慢弯倒下来；雷豹又爬第三竿……他这样爬呀
爬的，足足爬了九天才爬完。于是，他走进门口，再去请教
雷老爷爷。

雷老爷爷摸摸他的膀子，知道它更结实了，打心眼里
高兴。他说道："雷豹呀，今天是八月十六日，八月十六晚
上的月亮是最圆最亮的。你悄悄走到后山湖边那棵大桂树下
躲着，看见到有人落进湖里洗澡，你得赶快爬到桂花树的最
高枝头上，把上面挂的粉红绸衣抱牢，那个跑来跟你拿绸衣
的，就是你要找的小娘，她能帮你到魔宫去夺火。"

雷豹听了很高兴，他谢过雷老爷爷就走了。雷豹来到
后山湖边的大桂花树下面悄悄地躲着。碧绿的湖心里浮荡着
一轮滚圆的月亮。好美的景色啊！忽然，好像有一滴一滴的
大雨点从大桂树上滴落下来，滴到湖心，把平静的湖面滴破
了，把湖中心的月亮也滴碎了。哎呀呀，这哪里是雨点呀，
原来是许多仙女从树枝上跳进湖心里来洗澡了。

雷豹再向树上一望，树枝上挂满了五颜六色的花衣裳。
他便悄悄地向上面爬去，一直爬到树的最高枝头上，取了那
套粉红色的绸衣，然后滑下树来，伏在树根下面等着。不大
一会儿，仙女们洗好了澡，就一个个飞到桂花树上穿好衣裳

升上天去了。最后，剩下一个年纪最轻、最美丽的云仙子走不了，因为她的衣裳没了！她回头忽然见到雷豹正抱着她的衣裳，就走过去，但雷豹说什么也不肯把衣裳还给她。

云仙子又羞又急，直到答应嫁给雷豹，一起到魔宫去夺火，才拿回自己的衣裳。云仙子是风神和雨神的女儿，还是个极聪明的仙子。她穿好衣裳，从雷豹手里接过棉花和布袋子，与雷豹一起告别了雷老爷爷，他们驾着彩云，向魔宫飞去了。

两个人来到魔宫门口，看见第一道门有飞龙守着。飞龙见人就扑过来，雷豹举起金叉刺过去，飞龙退缩了。飞龙一退缩，又马上张开嘴，吐出毒水喷人。云仙子忙把那个棉团抛过去，立刻把毒水吸尽了。雷豹一跃而起，刺死了飞龙。

雷豹和云仙子来到第二道门口，看见有飞虎守着。飞虎见人就蹿过来，雷豹举起金叉刺过去，飞虎退缩了。飞虎一退缩，马上又张开嘴巴，吐出瘴气喷人。云仙子忙把那只布袋子张开来，立刻把瘴气收尽了。雷豹一跃而起，刺死了飞虎。

雷豹和云仙子刚走到第三道门口，魔王突然从里面猛扑出来。魔王用斧头砍雷豹，雷豹用金叉刺魔王，两个人从天亮打到天黑，又从天黑打到天亮。

这时，云仙子悄悄地把自己变成一缕青烟，青烟在魔王眼前绕来绕去，魔王的眼睛渐渐感到模糊了，雷豹就趁魔王停顿的时刻，赶上去一叉叉住了魔王的肋骨。魔王倒下讨饶，立刻交出了钥匙。

云仙子打开了魔宫，让一朵朵的火团儿重新飞落人间。此后，人们不再感到寒冷了，也不用再吃生冷的东西了。魔王被锁进了魔宫里，从此它再也不能逃出来为非作歹了。

高山族和汉族的来源（高山族）

传说，很早以前，在台湾的崇山峻岭中，万能的神创造出一批人来，这些人就住在一块儿，他们形成了一个部落，安居乐业，平平静静地过着日子。

有一次，铅黑的天空上突然刮起台风，倾盆的暴雨下个不停。山洪挟带着高山的巨石和泥流呼啸而下，河里的水一尺尺地上涨，一场可怕的洪水顷刻间就冲到人们居住的部落里来了。在部落里，人们惊慌失措，母亲顾不了孩子，丈夫丢下了妻子。洪水如狂风扫落叶般地刮走了所有的房屋、树木，也把部落里的人们冲得无影无踪。

在这万分危急的时候，部落里有个男人正好站在织布机旁，他匆忙地抓住身旁织布机的经线筒（经卷），尽管洪水像猛兽般地将他和经线筒冲走，他还是双手紧紧地抓住经线筒随波逐流，昏昏沉沉地被水冲到了西士比亚山上。后来，雨势逐渐地变小了，洪水也一寸一寸地退到河谷里。这幸运的男人死里逃生，无力地躺在山顶上。

突然，天空电闪雷鸣，西士比亚山上出现一位高耸入云的神。他满怀忧虑地望着山脚下水面漂浮着的零碎的树枝和人们的遗骸，感叹道："难道说由神所创造的人类就这样灭绝了吗？"他难过地低下头来，却瞥见脚下躺着一个脸色苍白的男人。

重造人类的希望涌上心头，他顺手抓起那个男人，把他的皮肉投入到山脚下波涛滚滚的大海里。一种令人难以置信的奇迹发生了：男人的皮肉一碰到海水，就变成了一个个活蹦乱跳的可爱人儿。他们欢快地泅水，到达岸边就安营扎寨，建立村社，生活下来，这些人就是萨斯特人即高山族的祖先。"萨斯特"的名称是神赋予的，这使他们和后代感到骄傲和自豪。

接着，西士比亚的神又把那男人的肠子投入海水中，他的肠子也立即变成一串长长的人群，弯曲迂回到岛上安居。他们就是台湾地区汉族的祖先，因为他们是肠子变化来的，所以个个寿命都很长，子孙绵延不绝。这两个不同民族的人就在这里繁衍生息，和睦相处，直至现在。

九个太阳（珞巴族）

最初，天和地是不分的，混为一团。后来，天从中间鼓了起来，渐渐地离开了地，但周围还是和地连在一起的。

有一天，天和地结了婚。不久，大地生了九个太阳，有七个太阳兄弟住在天和地相连的金日冬日那个地方。那里有一根顶天立地的大石柱，大地上的水都汇集到大石柱那里。七个太阳把大石柱晒得烫手。因此，凡是流到那里的水，立刻就被烘烤干了。所以，大地上的水才不至于倒流回去，泛滥成灾。

另外两个太阳兄弟就住在天父的怀抱里，它们像天父的两只眼睛一样，整天看着大地母亲。有一次，太阳的同胞、大地的孩子——动物和虫豸们正在摘桃子，虫子究究底乌带着自己的孩子也和大伙儿在一起摘桃子。谁知，住在天上的一个太阳兄弟把它的孩子晒死了。

究究底乌大怒，拔出箭就朝着这个太阳兄弟射去，射穿了这个太阳兄弟的眼睛。这个太阳兄弟死了，眼毛落到了大地上，变成了鸡。天父的怀抱里只剩下了一个太阳。

大地上的人们和牲畜要给剩下的这个太阳支差，所以他们白天活动。山林中的野兽和地下的老鼠不给剩下的这个太阳支差，所以它们晚上活动。

天神的哑水（彝族）

很早的时候，世间上所有的生物都会说话，天王觉得这种情况不好，他只想让一种生物说话。但是，谁该说谁不该说呢？这就难住了他。想来想去，他才想出一个办法。

一天，天王下命令，叫天底下的各种生物（不分树木、飞禽走兽、鱼虾、昆虫等）某日集合在一处，要大家各自选择一种仙水喝。喝了说话的水，就能继续说话；喝了不说话的水，就不能说话，大家不必争执也不必怪天王不公平。大家听了，都很满意。但是，哪是喝了不说话的水，哪是喝了说话的水，大家都不知道，只好碰运气。

约定喝水的这一天到了，地下所有的东西都向天王指定的地点赶去。能走会跑的都赶在前头，想抢先喝到说话的水；会爬会滚的只好落在后面，他们都非常担心说话的水被先去的喝完了。大家一路往前赶，只有青蛙独自一个落在后面。

青蛙由于跳得慢，心里很慌，真是又气又急。当时，世间要数青蛙最聪明了，只有它知道哪是说话的水。当它正着急的时候，忽然人走来了，将它抱在手里，向天王召集的地方赶去。

青蛙看见它被人托着，跑得飞快，把一些爬的昆虫、跳的走兽都超过了，心里很高兴，非常感激人的这种大公无私的行为。它想："世上一切生物里，只有人才是又善良又厚道的，如果人不能喝到说话的水，那该多么可惜啊！应该叫人喝到说话的水才行。"

可是，说话的水只能让一种生物喝，人若喝了，我青蛙就喝不成，我也永远说不成话了！因此，青蛙又为难起来。咋办呢？它仰头望望托它的人。

人却丝毫没有考虑什么，好像没有什么事一样。青蛙这才感到自己的想法太可耻了，为什么不学人那样大公无私呢？于是，它下定决心，非要想办法使人喝到会说话的水不可。

大家都到了天王召集的地方，只见在一个平坝上摆着两个印花木碗。一个木碗非常漂亮，碗上画着金色的花纹，光彩夺目，碗内装满了清亮透明的水。另一个木碗上的花纹和颜色陈旧，碗边也缺了一块，里面装了几滴浑浊的水。

青蛙看了这种情况，便把人叫到一边，悄悄地向他说："你喝水要喝那旧木碗里的水，千万别去喝那个又大又漂亮的木碗里的水，因为那水喝了就永远不能说话了。"人听了青蛙的话，再三推让，请青蛙去喝。

青蛙说："我喝了就没有你的了，尽管我以后能说话，但我只能在水里游，在陆地上跳，哪能管得住那些会飞会跑的东西呢？你快去喝吧！不要让别的生物喝了去。"青蛙说完，就先喝了大花碗里的水。

其他的各种飞禽走兽、昆虫鱼虾等看见聪明的青蛙在抢大花碗里的水，以为大花碗里一定是喝了会说话的水，就都去抢大花碗里的水喝。人见青蛙已经喝了不能说话的水，便拿起旧木碗，一口将水喝光。

从此，只有人才能说话，其他一切生物都不能说话了。人为了感谢青蛙的指点，便把青蛙放在自己开出来的田地里，这样不仅每天耕田时可以看到它，而且种出来的粮食成熟后也任凭青蛙选着吃。

青蛙见人对它这样好，不仅不吃粮食，反而在田地里捉害虫吃，吃完了就哇哇哇哇地唱歌。从此，人们也更加喜欢青蛙了。

鹤拓（白族）

很久以前，据说大理还没有山，只有茫茫无际的水。浪花比山还高，太阳就在水面上，烤得海水热乎乎的。

又过了很久，海水渐渐降下来，水中央突起一个小岛，慢慢地，小岛上长满了奇形怪状的树木，树尖插在云上，有的树叶比簸箕还大，还有各种各样的藤子、花草和五颜六色的果子。密林里还有野猪、野牛、大象、巨蟒、狮子等野兽。

一次，突然发生了大地震，海水像端着簸箕似的，倾过来，荡过去；波涛像打雷那样轰鸣，卷走树木、野兽。过了一会儿，只听一声巨响，地陷裂了，深不见底，大水直向裂沟涌流，直到小岛变成一座屏风似的高山，水才平缓下来。

这道裂缝，后来就变成洱海的出口处——天生桥。新出现的高山把水拦在东面，山上全是泥土、石头。后来，从山顶流出十八股水，把泥土、石头冲到山脚海里。年深日久，水越流，沟越深，就成了十八条溪涧，把一座山分隔成十九座峰。

冲下来的土石，日积月累，堆成十八个扇子样的小坝子，一扇一扇地伸入海里，慢慢地又连成了大坝子。接着，山上和坝子里都长出了各种花草树木，溪水淙淙，百鸟啾啾，变成了山清水秀的好地方。

可是，这么美丽的地方，世上还没有人知道。后来，远方有兄妹二人，因为家乡遭灾，逃到了这个地方，但他们在渺无人迹的林子里找了一天，还是没有找着路。天黑了，妹妹走不动了，两人只好躲在一块大石头下睡觉。

天上没有月亮，也没有星星，黑得什么也看不见。兄妹俩睡得正香，忽然刮起一阵大风，把哥哥惊醒了。他睁开眼睛，只见天空中亮起了两道雪白的光芒，仔细一看，是一只很大的白鹤，白鹤嘴上衔着一大块东西，像跳舞一样，朝着林子飞去了。

他把妹妹喊醒，两人绕了一大圈，走到林子南边，发现了一条小路，白鹤擦着地面飞，兄妹在后面赶。不知赶了多少道弯，一直来到森林深处，豁然一亮，出现了一块空地。白鹤停在地边，把衔来的东西吐出来，原来是块黑黝黝的泥巴。白鹤足足吐了一大堆，用爪子扒平，便又飞向树丛不见了。

兄妹二人跑到空地上，见这里是个好地方，心里十分高兴。哥哥捏着一把黑黝黝的土说："这么肥的泥土，种庄稼太好了！"

妹妹也说："我们就在这里种地安家吧！但不知道白鹤准不准。"

这时，白鹤迎着他们出来，张开翅膀，对着他们点了点头。哥哥一下子明白了："妹妹，白鹤叫我们在这里耕种哩！"

妹妹想了想，为难地说："我们才两个人，又要开荒种地，又要砍柴做吃的，人手太少了，怎么办？"

哥哥只好说："我回去叫些人来。"

妹妹急了："那我怎么办？路又在哪里？"

他们正在发愁，白鹤把兄妹俩拉到一起，又点了点头。妹妹不明白，哥哥说："白鹤叫我们做夫妻，这样就会有人了。"

从此，这个古老的坝子有了人烟，两兄妹的子孙世世代代辛勤劳动，种出了五谷，盖起了房屋。后来，一家变成千万家，一村变成了百十村，整个坝子都住满了人，越来越繁荣兴旺。

这就是大理坝子的由来，直到今天，还有人把大理城叫作"鹤拓"哩！

英雄玛麦（哈尼族）

远古时期，有个叫大沙的山寨，那里住着一位四十多岁的阿皮，头年死了丈夫，这年又死了独生儿子，害得她孤苦伶仃、举目无亲。更可怜的是，她老是想着自己的儿子没有死，早晚有一天会回到大沙来。

她走到塘子边，听到青蛙哇哇叫，以为是儿子在叫她；她爬上山坡，听到老鸦呱呱叫，以为是儿子在喊她。每天收工的时候，她总是望着山头的白云喊："娃儿哟，你在哪里呀？娃儿哟，你几时回来呀？"阿皮真是太想儿子了。

有一天，阿皮在山坡上种荞子，又听到有娃娃的哭声。她问同伴："是哪个背着娃娃来啦？"

同伴们说："没有呀！"

她又问："你们听到娃娃哭没有？"

同伴们回答："没有呀！"

阿皮指着一座山岩子说："你们听，是娃娃在哭。"

有个年轻的姑娘忍不住笑着说："阿皮哟，怕是你想儿子想得癫迷喽！"

阿皮不顾大家笑她，径直向岩子脚奔去。阿皮来到岩子脚，只见满地都是鸭嘴草，连人的足迹都没有，哪有娃娃敢来这地方？阿皮正要往回走，忽然从头顶上传来娃娃的哭声。她抬头一看，在又高又陡的石崖上长着一棵小岩桑，岩桑上挂着一只小白猴。

说来奇怪，那小东西一见阿皮就叫起来："阿妈呀，快救救我吧！要是你救了我，我愿意做你的儿子。"

"我怎么救你呀？我爬不上这陡崖子。"

"你用领挂接着，我跳进领挂里。"

阿皮连忙脱下领挂，抓着四角，正对着小岩桑，只听噗的一声，果然有个东西落下来。她捧起一看，不是一只小白猴，是一个又白又胖的男娃娃。阿皮真是太高兴了，她一面往回跑，一面大声喊："我有个儿子了！我有个儿子了！"

阿皮回到家，第一件事就是给儿子取个名字。她思忖着："取个什么名字好呢？"她想到，这娃娃是个没有阿爸的儿子，就叫她玛麦吧。

从此以后，她到山箐里割草，就把玛麦背在背上；她到山坡上种荞，就用芭蕉叶搭个凉棚，把玛麦放在里面乘凉。母子二人形影不离，相依为命。

玛麦从小看着阿妈辛勤劳动，长到七岁就帮阿妈做活计，所以他最懂得劳动的艰辛和粮食的金贵。可是，母子两个辛辛苦苦劳动了一年，收下的荞米还不够吃半年，又遇上天旱地涝，就只好到山上去找山芋野果充饥。

一天，玛麦坐在地头想，这山荞的收成太微薄了，要是能寻找到一种籽粒饱满、结得又多的粮种，给大沙的百姓解决粮荒该多好啊！听说，天神那儿保管着各种各样的粮种，他真想去找天神要，可是天神住在天上，他又没有翅膀，上不了天。

事情真有点儿凑巧，就在玛麦长到十八岁那年，在大沙的山坡上出现了一匹小金马。这匹小金马很贪嘴，一夜之间就把山坡上所有的庄稼都吃光了。这一下，可把大沙的百姓惹恼了。大伙拿起叉棍包围小金马，可这小金马着实厉害，不光跑得快、跳得高，还能从这座山跳到那座山，好像生着翅膀一样。

大伙围了几天几夜，谁也近不了它的身。这一天，玛麦摸清了小金马的脾性，天不亮就躲在一座山崖子上。日头一出山，小金马果然从山洞里出来了，等它从崖子下面经过的时候，玛麦纵身一跃，正好骑在小金马的背上。那小家伙拼命地蹦、使劲地跳，想把背上的人甩掉，可是玛麦的力气特别大，两条腿紧紧地夹住马背，就像蟒蛇缠着人一样，任它怎么挣也挣不脱。

小金马被激怒了，它长嘶一声，两肋突地长出两只翅膀来。它从一座山跳到另一座山，一连跳了十座山、百座山，却怎么也甩不掉背上的骑士。等跳过九百九十座山的时候，小金马再也没有力气跳了，只好在一座山坡上躺下来，喘着粗气说："玛麦，玛麦，我算服你了。现在你说吧，你叫我做什么我就做什么。"

玛麦问："你从哪里来？"

小金马回答："我本来是天神马厩里的一只小马驹，因为怕穿鼻子拴缰绳从此受管束，才悄悄跑到人间来的。"

玛麦高兴地说："那好，你就带我上天吧，我要去找天神讨粮种。"

小金马驮着玛麦飞到了天上，天神很客气地接待了玛麦。玛麦对天神说："人间的粮种太少了，种一年荞米还不够吃半年。请天神赐给我一些粮种吧，我要为大沙百姓解除粮荒。"

天神说："粮种由我的十二个女儿保管着，她们一个人保管着一种，不过我这儿有个规矩，不管谁来选粮种，先要拉开我的千斤铁弩，并用它射死天上的九只鹫鹰。"

玛麦说："好吧，就让我来试试吧。"

天神把玛麦带到一棵大龙树下，只见龙树上挂着一架长长的铁弩和一只箭筒，箭筒里的弩箭跟天上飞着的鹫鹰是一样的，都是九只。玛麦取下铁弩用力一拉，差不多拉了个满月，接着从箭筒里取出箭来，一连射出九支，只见九只鹫鹰一只接一只都坠落到山箐里去了。

天神看后，连声称好，连忙把玛麦带进他的后园。这后园里摆着很多瓦钵头，每只钵头只种一种庄稼。天神笑着对玛麦说："现在你可以自由挑选了！"

玛麦左挑右挑，最后选中了黄灿灿的稻谷，他说："我就喜欢这种粮种。"说话间，不料那钵金色的谷种竟化成了一个非常漂亮的姑娘。她的名字叫稻谷仙姑，是天神的最小的、也是最后一个未出嫁的姑娘。

原来，天神叫玛麦用弩箭射鹫鹰，就是为她选佳婿哩。其实，在玛麦拉铁弩射鹫鹰的时候，稻谷仙姑早就躲在一边看着了，而且她打心里喜欢他。现在，她微笑着对玛麦说："既然你选中了我，就要依我一个条件。"

玛麦问："什么条件？"

稻谷仙姑说："谷种是天神阿爸给我的嫁妆，你要想得到粮种，就要先娶我做妻子。"

　　玛麦想："百姓等着谷种，阿妈需要我奉养。我是来要粮种的，又不是来相亲的。"他正要说不同意的话，小金马急忙在他耳边说："你先答应她，不过你也向她提个条件，娶亲的事可以以后考虑，但是要先教会我们怎么种稻谷。"

　　玛麦照小金马的话说了。稻谷仙姑说了声"好"，就把玛麦带到一个泥塘边，顺手从衣袋里抓出一把谷种撒进塘子里去了。不一会儿，满塘都长出了绿茵茵的秧苗。接着，她唤来一群仙女，让他们把塘里的秧苗拔出来，分栽在另外几块泥塘里，又很快长出了沉甸甸的稻穗。

　　这时候，稻谷仙姑对玛麦说："你现在该同意跟我结婚了吧？"

　　玛麦又想，今年又是一个大旱年，大沙不知有多少人要饿死，我怎么能躲在天上跟她结婚呢？他正要说拒绝的话，小金马又在他耳边说："你还是答应她，不过，你想办法让稻谷仙姑睡着，然后就赶快出来，我在这里等你。"

　　"那谷种呢？"玛麦忙问。

　　"这个我自有办法。"小金马说。

　　当晚，天神很隆重地给自己的女儿办了喜事。原来，稻谷仙姑是十二个姑娘当中酒量最大的一个，她心情愉快的时候，更是要饮个痛快。玛麦劝她喝了九罐最醇的米酒才把她灌醉。他把她抱上床以后，就悄悄从新房里溜了出来，连忙走到塘边。

这时，小金马刚刚吃完最后一块稻谷，见玛麦来了，他抬起头来说："我把稻谷仙姑白天种的几块谷子全部装进肚子里了，到了人间，我马上把它吐出来。"

玛麦一听，非常高兴，骑上小金马就往人间飞奔。话说稻谷仙姑酣睡了一阵，渐渐苏醒过来。一看玛麦不在身边，就知道是小金马带着他逃跑了。

她翻身下床，从墙上摘下她的神剑向小金马飞驰的方向投去，只见一道金光很快追上了小金马，嚓一声，小金马的双翅被削断了。可怜的玛麦和小金马就从天空坠落到大沙的山坡上，砸出一个洼塘来。

小金马的肚子摔破了，谷种撒在洼塘里。一时间，天昏地黑，雷雨大作，洼塘很快灌满了水。当大沙的人们来为玛麦收尸的时候，洼塘里已长出了肥壮的秧苗。大家拢起秧苗，才找到玛麦和小金马的尸体。

父老乡亲把玛麦和他的马葬在龙树下，又把拔出的秧苗栽在自家的池塘里。从此，人们就开始种起了稻谷。

至于说开山造田，引水灌溉，那当然是以后的事情了！不过，直到今天，哈尼人还保留着"祭玛麦"的习俗。每年五六月间，人们就用这种仪式来祭奠这位为人类谋得幸福的英雄。

九隆王（傣族）

远古时期，有一个勇士，名叫蒙伽独，以打猎为生。他听说易罗湖有九条毒龙作怪，就决心为民除害。他临走的时候，把一条白头巾交给他的九个儿子，对他们说，如果白头巾不变颜色，他就能平安回来；如果白头巾变成红的，那就是他被毒龙杀害了，他的儿子应该去替他报仇。说完，他就走了。

父亲走了，儿子们天天看着这条头巾。一天，雪白雪白的头巾忽然变得鲜红，儿子们知道是父亲遭了难，就商议着去给父亲报仇。大哥年长，应该先去，他带了弓和刀就上路了。

过了十天，大哥战败回来，弓也断了，刀也折了。他说，九条龙厉害得很，眼睛像火盆，嘴像兽洞，牙齿像山峰，鳞甲像铁石。他和它们斗了三天三夜，都不能砍伤它们，只得吃了败仗回来。七个兄弟听了，都失掉了勇气，不敢再去报仇。

最小的兄弟名叫光头九隆。据说，他的头是佛爷的经典变的，所以没有长头发；他的身体是九条青龙变的，所以他有九条龙那么大的力气。他对哥哥们的胆小无用很不满，就自己背了长弓，拿了长刀，出发去为父亲报仇。

路上，九隆碰到一个披着黄袈裟、长着长眉毛白胡子的左抵①长老，长老问他到哪里去。九隆俯在长老身前，替他搓脚捏腿②后，就把要去为父报仇的事告诉了长老。

长老说，毒龙厉害得很，恐怕九隆打不过它们。九隆说他报仇心切，不论多大危险，他也非去不可。左抵长老接着说，要是他能一箭射穿九块岩石，一刀砍断九棵大树，就有胜利的

---

① 左抵：傣族人民最信奉的佛教的一派。

② 搓脚捏腿：傣俗，见左抵长老要行搓脚捏腿礼。

希望。九隆依照他的话，拉满弓，搭上箭，用力一射，射穿了八块岩石，射到第九块岩石时，箭头折了；他又挥刀用力一砍，砍倒了八棵大树，砍到第九棵树时，刀头断了。

九隆看自己的力量不够，十分伤心，他再三恳求长老帮他报仇除害。长老见他意志坚定，很受感动，就答应帮他。长老领着九隆走进树林，到了一间石屋前面，叫他立在高门槛外，转身进去拿出一口大锅，又拿出九块深红的大岩石，对他说，如果能把石块烧成石汁，他就有报仇的希望。长老说完，就走进石屋去了。

九隆答应了，他守在锅边，耐心地烧了八十一天，脸都熏红了，终于把石块烧成了石汁。这时，长老从屋里走了出来，很是欢喜。他叫九隆把石汁完全烧干，说是只有这样才有报仇的希望。九隆答应了，他又耐心地烧了八十一天，把脸都熏黑了，终于把石汁烧干了。

这时，长老走了出来，对九隆的不畏劳苦很是夸奖。长老叫他揭开锅盖看看。九隆将锅盖揭开，只见里面是亮晶晶的九支长箭和红通通的一把宝刀。九隆高高兴兴插好长箭，拿了宝刀，拜别长老，就出发前去报仇了。

他走了三天，走到易湖边，湖水咆哮奔腾，声如雷吼。他定睛一看，只见浪花中浮着九根大木。他知道毒龙狡猾得很，会变成各种东西蒙人耳目，这九根木头必是毒龙所变，就弯弓搭箭，一连九箭把九根大木钉在湖底。这时，九条龙现出原形，翻腾上天，张开血口，向九隆扑来。

但是，龙尾巴已被箭头钉住，挣脱不开。九隆将身一纵，跳上龙头，双手举起长刀，迎头就砍。九条毒龙害怕了，齐声向九隆哀求，赌咒发誓，说以后不再作恶，愿意为人类做事，将功赎罪。九隆想了一想，就答应了它们，然后收了弓箭，插好长刀，跳下地来。毒龙俯下身来，请九隆骑上龙身，向九龙山飞去。

在九龙山顶的五彩云雾中间有一座龙宫。九条毒龙一声长吟，宫门就打开了。从龙宫里走出九个美丽的少女，将他们迎接进去。毒龙领着九隆走过各座宫殿，每座宫里面都堆满各种稀奇珍宝，颜色瑰丽，光彩照人，九隆看了都没有动心。走到最后一座，毒龙告诉九隆，里面藏着一件最珍贵的宝贝，每天由九位龙女采了阳光，收了甘露，唤了温风，请了霖雨来供养它。

九隆进去一看，原来是一粒青黄色的"种子"。他问毒龙，这件宝贝的好处在哪里，毒龙告诉他说："这件宝贝会变化，会变成千颗万颗，会变成金银珠宝，会使世界变样，会使人类生活改观，是世界上最宝贵的宝贝。"九隆听了很是欢喜，就向毒龙要了这件宝贝。

九隆拿了种子跑出宫门，站在山头，把种子向山坡溪谷间一撒，顿时满地长了庄稼，原来枯褐色的土地，变成一片碧绿，世界果然变了样子。这时，九隆的八位哥哥也都跑来了，九兄弟分别和九位龙女结了婚。

不久，四面八方的人们听说这里有好庄稼，也都跑来了。他们聚居在九龙山下的溪谷里，公推九隆为王。因为有龙王龙女的帮助，所以这里风调雨顺，每年收成总是很好，人们过得很快活。

大蚂蚁分天地（独龙族）

在古老的时代，天和地紧紧相连，连接天和地的是九道土台，那时，地下的人可以从土台上天。相传，在姆克姆达木①住着一名叫嘎姆朋的人，他经常到天上去。

一天，嘎姆朋要到天上去造金银，他踩着土台，一步步地朝天上走去。这时，突然来了一群大蚂蚁挡住了嘎姆朋的

① 姆克姆达木：独龙族神话中的地名。

路，嚷着向嘎姆朋要绑腿。嘎姆朋看不起这些蚂蚁，骂道："你们身子小腿更细，要什么绑腿，快给我滚开！"

蚂蚁听了，一起唱道："别看我们脚杆细，别看我们个子小，接天的土台虽然高，我们也能把它扒倒！"

嘎姆朋不以为然，仍然噔噔噔地上天去了。等嘎姆朋上天以后，这群大蚂蚁一齐来到土台下，拼命地把土台的土扒松。到了夜里，只听到轰隆隆一声巨响，九道土台全倒塌了。从此，天和地便分开了，天变得高高的，人再也上不去了。

正在天上造金银的嘎姆朋见到天地突然分开，回到地下的路没有了，心里非常焦急。他连忙对地下的人说："你们赶快搭梯子，我要回到地下去！"

地下的人听了，赶快搭梯子，可是怎么也接不到天上，嘎姆朋便无法回到地下来。

嘎姆朋又对地下的人说："赶快种起棕树来，我要拉着棕树回以地下！"地下的人们听了，赶快种起了棕树。可是，棕树怎么长也接不到天上，嘎姆朋依旧无法回到地下来。

嘎姆朋又对地下的人说："赶快种起藤条、竹子来，我要抓着藤条、竹子回去！"地下的人们听了，赶快种起了藤条、竹子。

可是，藤条、竹子怎么也接不到天上，嘎姆朋还是无法回到地下来。嘎姆朋看到地下的人无法让他回到地下去，就想用金银做成金绳、银绳，将自己吊到地下。可是，金绳、银绳没有这么长，嘎姆朋怎么都回不到地下去了。

不知过了多少年，孤独的嘎姆朋变成了天鬼。他整天对地下的人说："我没有吃的，没有喝的，地下的人呵，天天有吃有喝，快送些吃的喝的给我吧！"地下的人们听了，就决定在每年过"卡雀哇"（年节）时，剽牛祭天鬼，即把吃的喝的送给嘎姆朋，以免嘎姆朋发怒，降灾祸给人间①。

阳雀造日月（苗族）

很久以前，天上没有太阳，也没有月亮，人间一片黑暗，一年四季都很冷。为了得到光明和温暖，聪明的阳雀打了九个石盘，制成九个太阳；又打了八个石盘，制成了八个

---

① 独龙族的"卡雀哇"，即年节，时间在每年阴历正月，日期不定，一般过三天左右。节日期间，人们要跳牛蜗庄舞，剽牛祭天鬼，祈求天鬼的保佑。

月亮。接着，他用尽全身力气，将九个太阳和八个月亮抛到天上。霎时，光明驱散黑暗，温暖赶走了寒冷，人间变成了一个金光闪亮的世界。

从此，天上的九个太阳和八个月亮，一个来，一个往，一个跟着一个，转了一圈又一圈，一刻不停地旋转着。火一般的阳光把大地晒得焦热，把草木烤得枯黄，天下只有一棵麻秧树还活着，其余的树木全被太阳晒死了。

阳雀看到这情景，便砍了这棵麻秧树，用树干做成弓，用树枝做成箭。然后，他张弓搭箭，鼓足力气，向太阳和月亮嗖嗖地连续射去。眨眼间，只见太阳和月亮一个接一个，像金盘银盏一般，噼里啪啦地从天上掉落下来。最后，剩下一个太阳和月亮，它们见势不妙，急忙钻进乌云深处躲藏起来，一直不敢露面。

这时，天上和地下逐渐暗淡下来了。阳雀抬头看了一会儿，笑了笑，自言自语地说："没关系，想办法把它俩请出来就好了。"

起初，阳雀派花牯子去请太阳和月亮。花牯子到了天上，扬着两只尖尖的角，瞪着一双鼓鼓的大眼，对着太阳和月亮，哝哝哝地连续大叫三声。太阳听到呼叫，悄悄地钻出云层看了一眼，对月亮说："花牯子到天上来了，它叫声粗鲁，头上插着两把尖刀，凶神恶煞似的，来意不善，快跑！"

于是，它冲出云层，飞到遥远的天边躲藏起来。阳雀见花牯子很久没有回来，又派飞龙马去请太阳和月亮。飞龙马飞到天上昂着头，翘着尾，刨着蹄，张着嘴，对太阳月亮咴咴咴地连续大叫三声。

躲在天边的太阳听到呼喊，露出半个头悄悄来偷看，然后对月亮说："飞龙马和花牯子一个样，看来都很凶，快藏起来。"于是，它俩又躲到大山脚下，稳稳地藏了起来。

阳雀见飞龙马很久没有回来，考虑了半天，才把公鸡叫来，说："你性情温和，办事稳重，上天去走一趟吧。"

大公鸡微微一笑，点点头，就朝天上飞去。公鸡站在一朵彩云上，弓着腰，低着头，两眼望着前方，用优美动听的声音，带着笑声叫："喔——喔——喔——"太阳听到亲切、甜蜜的呼叫，不顾月亮的劝阻，向山顶慢慢爬去。爬呀爬呀，到公鸡叫第三遍时，它终于登上了山顶。

太阳见大公鸡热情、谦虚、诚恳，很受感动，转头向躲在山脚下的月亮说："来接我们的是大公鸡。不要怕了，快爬出来吧！"

月亮还是站在山脚下不敢动。

太阳又说："你害怕，我就先走一步吧！如果我前面没事，你就后面赶来吧！"说完，它便离开山头，笑眯眯地升向天空。

隔了一天，月亮见太阳平安无事，就登上山顶，尾随着太阳的足迹追赶。这样，太阳走的时间是白天；月亮走的时间是夜晚，它们追来追去，一直追到现在。太阳和月亮为了报答大公鸡的恩情，打了一把金梳子，送给了公鸡。公鸡很珍惜这把梳子，就天天把它戴在头上。那梳口朝上，梳背朝下，它一直戴到今天。

从此，天地间便永世永代充满着光明和温暖。

力戛撑天（布依族）

远古时期，天和地只相隔三尺三寸三分远。春碓的时候，碓脑壳碰着天；挖地的时候，锄头也碰着天；挑水的扁担只能横着放，立着拿也要碰着天；人们去做活路，成天弓着身子，腰杆都不能伸一下。天地离得这么近，做什么都不方便，大家充满了抱怨。

那时，有个后生名叫力戛，长得浓眉大眼，腰粗臂圆，身长九尺九寸九分，力气很大，九十九条犀牛都比不上他。

力戛和大家一样，成天都弓着身子做活路，弄得脚酸腿痛还不算，脊背上还被天擦脱了皮。

他见大家都抱怨，自己也实在忍不住了，就挽衣卷袖地对大家说："你们躲开点儿，让我把天撑高一些。"力戛用力把天撑了一下，可是天和地只被他顶撞得晃荡了几下，并没有撑高。他又对大家说："看来我一个人的力气不行。我看这样吧，你们都准备好锄头和扁担，我也把力气养养足，到时候大家一起来撑天。"

力戛说完，就去吃了三石三斗三升糯米饭，喝了三缸三壶三碗糯米酒，睡了三天又三夜。第四天起来，他伸了个懒腰，周身筋骨绷得"格格"响。随后，他就叫大家来帮助他一齐撑天。

大家聚拢来了，都用锄头扁担抵住天，力戛鼓了鼓气，喊了声："一——二——三！"众人"嗨唷"一声，同心齐力往上一撑，就把天撑上去了三丈多高。

可是，力戛觉得天撑得还不够高，就又对大家说："天才这么高还不行，你们大家合力再撑一刚刚①，让我换口气，再使把劲把它撑高一点儿。"力戛说完，就狠狠地吸了一口气，榕树叶子、木棉树叶子、茶花、夹竹桃都被他吸进

_____

① 一刚刚：方言，即一会儿。

肚子里去了。

他眼睛鼓得有海碗大，浑身筋脉也都胀得像楠竹那么粗。随着一声："起！"他使劲用两手把天往上一撑，天就被撑上去了九万九千九百九十九丈高，地就被蹬下去九万九千 九百九十九丈深。

天是撑高了，可惜呆不住，只要一松手又会塌下来。怎么办呢？力戛想了想，就用左手撑住天，右手把自己的牙齿全拔下来，用牙当钉子，把天钉住。

后来，力戛钉天的牙齿就变成了满天星星；拔牙齿流下的血就变成了彩虹。力戛不辞辛苦，一直做着钉天的活，累得他又是喘气，又是淌汗。他喘出的气就变成了风；淌下的汗就变成了雨；他一不小心，头上的花格帕掉了下来，就变成了银河；他眨眼睛就变成了闪电；他咳嗽一声，就变成了响雷；他热了，把白汗衫脱下来，就变成了云朵。

天钉稳了，可惜没有太阳和月亮，世间没有光明，庄稼不能生长。怎么办呢？力戛想了想，就毫不犹豫地用右手挖下自己的右眼，挂在天的东边，就变成了太阳；用左手挖下自己的左眼，挂在天的西边，就变成了月亮。

力戛一直忙了九九八十一天，什么都安排好了，才咚的一声跳了下来。他落到地下时，整个大地像船在水上漂动一样，被震得晃晃荡荡的。他落下的地点是东方，东方的地势就倾斜了九尺九寸九分。以后，水就一直朝着东方流淌。

力戛在忙着钉天时，九九八十一天都没有吃喝，牙齿拔完了，血也流尽了，落在地下时，又跌得过重，不久他就死去了。力戛死了以后，他的大肠变成了红水河①，小肠变成了花江河②，心变成鱼塘，嘴巴变成水井，胳膝和手腕变成了山坡，骨骼变成石头，头发变成树林，眉毛变成茅草，耳朵变成花，肉变成田坝，筋脉变成大路，脚趾变成各种野兽，手指变成各种飞鸟，他身上的虱子变成牛，跳蚤变成马。

从此以后，天高了，地低了，天地隔得很远很远了。天上有了太阳，有了月亮，有了星星，有了银河，有了彩虹，有了云，有了风，有了雷，有了闪电；地下有了山，有了河，有了田，有了井，有了路，有了树，有了草，有了花，有了兽，有了鸟，有了牛，也有了马。世间样样都有了，大家说不出的高兴，种起庄稼来都很起劲，人们世世代代都不忘力戛撑天的功劳。

---

① 红水河：即南盘江中游。
② 花江河：即北盘江中游。

人的由来（藏族）

在远古时候，喜马拉雅山为洪水所侵犯，并且时间很长，无人出来治理。人们总是担惊受怕地生活着。

有一天，忽然出来一个人登上喜马拉雅山大呼一声，并用神斧将高山劈开，使洪水倾泻而下，才出现了大草原和高原。洪水退后，这个人变成了一只猕猴，相传它是观音菩萨转世来的。他和久居山中的一位叫扎生魔的女鬼结为夫妻，生育了六个长了尾巴的儿子。

扎生魔见儿子长大了，没有姑娘和他们结婚，她便使用魔法变出了六个美丽的姑娘让她们同自己的儿子结婚，婚后扎生魔让他们分居在雅鲁藏布江上。之后，观世音就用粮食哺育他们，他们的尾巴才慢慢消失，逐渐进化为人形了。

神与灵魂（哈萨克族）

迦萨甘是哈萨克族传说中的创世主。天、地、人类、万物等都是迦萨甘创造的。万能的迦萨甘给世间的万物赋予了灵魂，使其都有了生命，而且还派了为数众多的神司掌万物，庇护万物，造福于人类，使之得以生长。

这种能给人间赐予好处和幸福的神被哈萨克人尊为慈善之神。他神力无边，无处不有，灵魂不死，永远长存。这是迦萨甘的安排。

迦萨甘派了雷神、风神、水神、火神、土地神以及主宰各种牲畜的神等，这些神都在保护着人类和羊、牛、马、驼四畜的生长。

迦萨甘还种了"生命树"，树上茂密的叶子是培植出的灵魂。每一片叶子代表一个人的灵魂。新生命诞生就会长出一片新叶，同样，有人死去，一片叶子便枯萎掉落。凋谢的叶子落下时碰到别的叶子，叶子所代表的人就能听到响声，就会知道有人已经死了。

　　人死了之后，他的灵魂在另一个世界仍然存在，而且死者的灵魂还会保护自己的子孙后代，随时能给他们以帮助。尤其是那些英雄人物和声名显赫的人物的灵魂，还能保护整个部落。很多人赛马、摔跤甚至打仗时，往往当作口号呼喊自己部落祖宗的名字，或者呼唤本部落已故的英雄们的名字，意思是祈求他们大显神通，前来帮助。

　　牲畜得了传染病，要赶往祖坟去过夜，托祖宗的灵魂为其除灾灭祸。迦萨甘让众多的慈善之神降临人间的时候，恶魔黑暗也派来了使人类和万物遭受磨难的恶神。人间的灾害、饥饿、疾病和死亡都是恶神造成的。

　　世界上的善神与恶神一直在相互争斗。人们向天神、地神、水神、火神等祈祷，尤其认为火是光明的象征，是驱除一切恶魔、妖怪的神，是屋内锅灶的保护神。

　　所以，牲畜发病时用火熏；新娘进门时先拜火，还要给炉火内倒油。油燃起时在座的人都口念："火娘娘，油娘娘，给我们把福降。"由冬窝子向夏窝子搬迁之前，首先净身，也叫"驱邪"。

　　在搬迁的途中，要在两处点燃起篝火，然后将驮载东西的驮畜和牛羊等畜群从两堆火之间吆赶过去，通常还有两位老婆婆站在火堆旁，口中念念有词："驱邪，驱邪，驱除一切恶邪！"